KB010737

힐링을 노래하라

힐링을 노래하라

펴 낸 날 2019년 12월 17일

지 은 이 문가인
펴 낸 이 이기성
편집팀장 이윤숙
기획편집 정은지, 한솔, 윤가영
표지디자인 이윤숙
책임마케팅 강보현, 류상만
펴 낸 곳 도서출판 생각나눔
출판등록 제 2018-000288호
주　　소 서울 잔다리로7안길 22, 태성빌딩 3층
전　　화 02-325-5100
팩　　스 02-325-5101
홈페이지 www.생각나눔.kr
이 메 일 bookmain@think-book.com

- 책값은 표지 뒷면에 표기되어 있습니다.
  ISBN 979-11-7048-002-0(03810)

- 이 도서의 국립중앙도서관 출판 시 도서목록(CIP)은 서지정보유통지원시스템 홈페이지(http://seoji.nl.go.kr)와 국가자료공동목록시스템(http://www.nl.go.kr/kolisnet)에서 이용하실 수 있습니다(CIP제어번호: CIP2019046412).

힐링을
노래하라

임상심리전문가
문가인의
셀프힐링 북

생각나눔

| Prolog |

"이 책을 통하여 자기치유자가 되세요!
그래도 안 될 때는 당신의 편인 심리치료사를 만나보세요!"

나는 심리상담센터에 오는 사람들에게 말한다.

"여기는 마음학원입니다. 스스로 심리치료사가 되는 방법을 가르쳐주는 곳이랍니다. 계속 이곳에 오는 것은 바람직하지 않습니다. 여기는 마음관리 방법을 배울 뿐만 아니라 깨달음도 얻는 곳입니다. 깨달았기 때문에 변화는 지속되고 마음의 병은 재발하지 않을 것입니다."

심리치료사는 내담자가 스스로 자신의 마음을 들여다보고, 마음이 무엇인지 알고, 그 마음을 변화시키는 방법을 안내하는 사람이다.

나는 생존을 위한 지식 공부만큼 마음공부도 적극적으로 해야 한다고 생각한다. 마음이 편해져야 사랑과 우정을 나누면서 자신이 원하는 꿈을 이루기도 쉬워진다.

"도는 돈이다."라는 말 또한 내가 즐겨 쓰는 말이다. 보이지 않는 마음공부를 해서 마음의 주인이 되어야 직업을 통해 보이는 물질의 주인도 될 수 있다는 말이다.

나의 심리상담은 경미한 스트레스부터 대인관계, 성격문제, 우울, 불안, 분노 등 감정문제, 집착, 의심 등 사고문제, 도박중독, 알코올중독 등 행동문제 등으로 힘들어하는 사람을 만나서 다음과 같은 대화를 하는 것으로 시작된다.

"내가 마음을 바꾸는 방법을 아는데 나와 함께 노력해서 마음을 바꿔보시지 않겠어요?"

그러면 대부분의 내담자는 반가운 얼굴로 기꺼이 내 손을 잡는다. 처음 나와 만났을 때는 목소리에 힘이 없고, 어두운 표정으로 고개를 숙인 모습이었지만 심리상담이 끝나갈 즈음에는 목소리에 힘이 들어가고, 밝은 표정으로 고개를 당당히 들기 시작한다. 그리고 감사하다는 인사를 하는 것으로 심리상담이 종결된다. 때로는 극적이고 기적 같은 변화가 일어나기도 한다.

수만 명을 성공적으로 심리상담 및 최면상담 할 수 있었던 마음 바꾸기에 대한 지혜를 이 책을 통해서 보다 많은 사람과 나누고 싶다. 이 책은 경미한 스트레스를 지닌 사람부터 심각한 심리적 문제를 지닌 사람들까지 읽어보면 도움이 될 수 있도록 구성되어있다. 또한 초보 심리치료사는 물론 경험이 많은 심리치료사들도 공유할 수 있는 부분이 있을 것이다.

이 책은 힐링 포엠, 힐링 메시지, 힐링 솔루션, 힐링 팁으로 이루어진 셀프 힐링 북이다.

힐링 포엠을 통하여 통찰을, 힐링 메시지를 통하여 지혜를, 힐링 솔루션을 통하여 마음의 기술을, 힐링 팁을 통해 마음의 지식을 얻기 바란다.

그리고 무엇보다도 바라는 점은,
이 책을 덮을 때 당신이 자기치유자(self therapist)가 되어있는 것이다.

차 례

Prologue

Part 1 마음관리

Healing Poem: 두 가지 공부

Healing Messasge

Part 2 대인관계

Healing Poem: 차라리 침묵하라

Healing Messasge

Part 3 생 존

Healing Poem: 직장생활을 잘하는 방법

Healing Messasge

Part 4 사 랑

Healing Poem: 먹고 기도하고 사랑하라

Healing Messasge

Part 5 삶의 기술

Healing Poem: 매일 아침 명상을 한다면

Healing Messasge

Part 8 신이시여

Part 9 심리상담

문가인 최면연구소: http://www.gainmoon.com
참마음 심리상담센터: http://www.cmaum.com
유튜브채널: 문가인 TV

Part 1
마음관리

Self Healing Book

두 가지 공부

세상에는 두 가지 공부가 있다.

생존을 위한 지식 공부와
행복을 위한 마음공부.

지식 공부는 학교에서 가르치지만
마음공부는 스스로 해야 한다.

—

마음을 보라

마음을 보라.
마음은 보이지 않는 것.
보이지 않아서 직장 동료가 서로 이해하지 못하고,
부부가 싸움을 하고, 부모와 자녀가 서로의 마음을 몰라준다고 이야기한다.

마음을 보라.
마음은 보이지 않는 것.
그렇지만 잘 바라보면 그 사람의 행동으로 나타나고,
그 사람의 말을 통해 알 수 있다.

마음을 보라.
마음은 보이지 않는 것.
그래서 타인이 말을 할 때 잘 들을 필요가 있다.
또한 나 자신의 마음을 말로 잘 표현해야 한다.

마음을 보라.
마음은 보이지 않는 것.
우울할 때, 불안할 때, 화가 날 때
마음을 보라.

그 원인은 그 사람에게, 세상에 있는 것이 아니라
내 마음에 있다는 것을
마음을 들여다보면 잘 알 수 있다.

이성과 감정

인간의 마음에는
이성과 감정이 있다.

이성은 생존에 필요한 지혜로 나타나고
감정은 대인관계에 필요한 사랑으로 나타난다.

이성과 감정은 생을 살아가는 데 있어서
반드시 필요한 두 가지 도구이다.

그러나 이성이 필요할 때 감정을 꺼내면
어리석은 사람이 된다.
감정이 필요할 때 이성을 꺼내면
냉정한 사람이 된다.

따라서 이성과 감정을
상황에 맞게 활용하는 것이
한세상을 잘 살아갈 수 있는
방법 중 하나이다.

생각의 주인이 되는 방법

나는 어린 시절에
생각을 많이 하는 것이
좋은 것인 줄 알았다.
생각을 많이 하는 고뇌에 찬 사람을
멋있는 사람으로 여겼다.

나의 젊은 날은 생각을 많이 하려고
몸부림치는 날들이었다.

결국, 넘치는 생각의 홍수와 함께
나를 찾아온 것은 폭풍우 같은 불안이라는 손님
불안은
나의 영혼을 쉬지 않고 뒤흔들었다.

생각의 노예가 되어버린 것이다.

내가 매일 만나는 사람들은
대부분 생각에 사로잡힌 사람들

당신도 역시 젊은 날의 나처럼
생각을 재주로 삼다 보니,
불안에 빠지게 되었다.

생각의 주인, 마음의 주인,
인생의 주인이 되는 방법은

오히려 생각을 가만히 내버려두는 것이다.

그리고
고요한 순간에 문득 찾아오는
당신의 본성을 자주 알아차려 보라.

집착이란

인간의 마음은 원래
잔잔한 호수와 같다.

집착이란 그 호수에 떨어진 나뭇잎과 같다.

집착이 강해지면 마음에 병이 온다.
호수에 떨어진 나뭇잎이 빙글빙글 돌다가
마침내 호수까지 썩게 하듯이.

그대여
마음의 호수에 나뭇잎이 하나 떨어지거든
그것이 호수가 아님을 알라.

그러면 그 나뭇잎은 물결을 따라,
바람을 따라 제 갈 길을 갈 것이다.

사람들은 무슨 생각을 할까?

사람들은
나, 타인, 세상,
미래에 대한 생각을 주로 한다.

긍정적인 사람은
나, 타인, 세상
미래를 긍정적으로 생각한다.

부정적인 사람은
나, 타인, 세상
미래를 부정적으로 생각한다.

당신이 한세상을
어떻게 살아갈지는
당신의 선택에 달려 있다.

삶의 의미를 잃어버리면

아무런 사건도 큰 스트레스도 없다.
어느 순간 왜 사는지, 어디로 가는지 모르게 된다.

왜 직장에 다니지?
왜 돈 벌지?
왜 밥 먹지?
왜 살지?

답이 없는 의문이 꼬리에 꼬리를 문다.
머릿속은 점점 더 복잡해진다

기분이 가라앉고 집중도 잘 안 되고
몸에 힘도 쭉 빠진다.
아침에 일어나는 일도 힘들어진다.
기분 전환을 위해 술을 마시거나
드라이브를 해보기도 한다.

무기력감이 엄습하기 시작하고
그렇게 지내다 보면 우울증으로 발전하게 된다.

지금 당신이 앓고 있는 우울증,
삶의 의미를 잃어버린 것이 원인일 수 있다.

사람들이 화를 내는 이유

사람들이 화를 내는 이유를
알고 싶거든

쇠줄에 묶여 아무에게나 컹컹 짖어대는
불도그에게 물어보라.

“너, 왜 나를 공격하려고 하니?
내가 싫으니?”

그 불도그는 이렇게 대답할 것이다.

“사람들이 무서워서요.
저는 단지 저를 보호하고 싶을 뿐이랍니다.”

사람들이 화를 내는 이유도
불도그가 짖는 것과 유사하다.

누군가 주변 사람이 화를 내거든
그를 비난하거나 두려워하지 마라.

그의 눈을 지그시 쳐다보고
어깨를 쓰다듬으면서 위로하고
달래 볼 일이다.
그는 금방 유순해지며
화내기를 멈출 것이다.

화가 자주 난다면

미친 듯이 화가 자주 난다면
에너지가 소진된 것이다.

내적 에너지를 충전하라.

에너지를 충전하는 가장 쉬운 방법은
그저 눈을 감고 가만히 당신의 호흡에
귀를 기울이는 것이다.

성공의 비밀 하나

당신은 에너지가 넘치는 사람이다.
당신은 머리가 좋다.
당신은 마음을 말로 잘 표현할 수 있다.
당신은 앞으로 무엇을 해야 하는지도 잘 안다.
당신은 성공하여 당신처럼 힘든 사람들을 돕고 싶어한다.

그런데,
당신이 가진 그 모든 것을 한순간에 파괴해 버리는 게 하나 있다.
그건 감정이란 괴물이다.

감정을 잘 길들이는 것,
거기에 성공의 비밀이 숨어있다.

사람들이 변하지 않는 이유

사람들의 행동은 쉽게 변하지 않는다.
그 이유를 알고 싶은가?

사람들이 변하지 않는 이유는
마음에서 변화를 진정으로 원하지 않기 때문이다.

사람의 마음은
겉마음과 속마음이 있어서
겉마음에서 아무리 노래 부른다 해도
속마음이 방해하면 변하기 어렵다.

사람들은
날씬해지고 싶다고 한다.
술을, 담배를 끊고 싶다고 한다.
돈을 많이 벌고 싶다고 한다.
성공하고 싶다고 한다.

그러나
고요한 시간에 당신의 속마음에 물어보라.
'변화하고 싶은가?'

당신의 속마음은 이렇게 대답할 것이다.
'아니, 난 이대로 살고 싶어. 이대로가 좋아.'

그러니 당신이 무엇인가를 변화시키고자 한다면
먼저 속마음부터 변화시키는 것이 중요함을 알라.

잠이 오지 않을 때

잠이 오지 않는다면
그 상태를 잠시 즐겨라.
억지로 잠들려 하지 마라.
그 애씀이 잠을 더욱 멀리
달아나게 하리라.

자신이 불면증이라고 주장하는
사람들 대부분은 실제로 잠을 못 잔 것이 아니다.

오히려 잠을 자야 한다는 생각에
사로잡힌 경우가 많다.

순수한 당신과 쓰레기

당신은 자신이 이상한 사람이라고 한다.
자꾸 이상한 생각이 든다고 한다.
사람들이 자신을 욕하는 것 같다고 한다.
내 생각을 훤히 아는 것 같다고 한다.
그래서 사람들을 피한다고 한다.

순수한 그대여!
혹시라도 사람들이 당신을 비난하거든,
이렇게 말하라.
"나는 이상한 사람이 아닙니다.
단지 마음속에 쓰레기가 많아졌을 뿐입니다."

또한, 당신에게 원치 않는 속삭임이 들리거든,
이렇게 말하라.
"이건 마음속의 쓰레기야."

사람들은 누구나 살다 보면
마음속에 쓰레기가 쌓일 수 있다.

순수한 그대여!
그것은 당신 자신이 아니며
단지 버려야 할 쓰레기임을 알라.

찻집에 혼자 가면

일터도 아니다.
집도 아니다.
그곳은 찻집.

사람들은 직장에서 일을 한다.
퇴근하면 집에 가서 쉬리라는 열망을 안은 채.

그러나 불행하게도 집에 와서조차 일을 한다.
쉬고 싶다는 강한 열망을 숨긴 채.

집에서 쉬지 못하는 자는 그 책임을
가족에게 떠넘긴다.
배우자 때문이라고
자식들 때문이라고
배우자와 자식 탓을 한다.

그들은 모른다.
일터도, 집도 아닌 제3의 장소가
자신에겐 필요하다는 사실을.

제3의 장소는 찻집
찻집은 혼자 가는 것이 좋다.
동행이 필요하다면 말수가 적은
눈치 있는 사람을 택하라.

찻집에서는 차만 마시는 것이 아니다.
찻집에 혼자 가면
당신은 누군가를 만나게 된다.
맞은편에 앉아서 나를 지그시 바라보고 있는
또 하나의 나를.

참마음이란

참마음이란
눈치 보거나 척하지 않는 마음이다.

참마음이란
잡념 없이 상대를 있는 그대로
바라보는 마음이다.

참마음이란
거짓 없이 순수한 마음이다.

참마음이란
솔직하게 자신의 생각과 감정을
말할 수 있는 마음이다.

참마음이란
긍정적인 에너지를
주고받을 수 있는 마음이다.

참마음을 지닌 사람은
만남의 순간에 즐겁고
만남 이후에도 그것을 반추하지 않아
잡념이 별로 없다.

참마음을 지닌 사람은
스트레스, 마음에 쓰레기가쌓이지 않는다.

그러니, 그대여

참마음으로 참 만남을 하면
참 행복에 이르게 된다는 것을 알라.

내 마음에서 원인을 찾아라

사람들은 보통 마음에 문제가 생기면 외부에서 원인을 찾으려 한다. 예를 들어, 내 마음속에 부정적인 감정이 들면 자신 주변의 사람이나 환경에서 원인을 찾으려 한다. 그래서 남 탓을 하기 시작하고, 더 나아가서 사회 탓을 하거나 국가 탓을 하게 된다.

사람들은 어떤 계기가 생기지 않는 한 자신의 마음을 돌아볼 생각을 하기 어렵다.

사람들은 몸이 아팠을 때 병원을 찾고 몸을 챙기기 시작하듯이, 마음이 아팠을 때 심리상담센터를 찾으면서 비로소 마음을 들여다보게 되는 경우도 많다.

즉, 마음의 실체는 증상이 나타나기 시작하고 마음의 병이 왔을 때에야 사람들에게 인식되는 경우가 많다. 이렇듯 자기 마음에 관심이 없는 사람이 세상에는 의외로 많다. 신체구조에서 우리의 눈은 외부를 향하게 되어 있고, 몸의 병이 그러하듯이 마음의 병이 오기 전에는 별 불편이 없기 때문일 수도 있다.

심리학에서는 인간의 생각과 감정을 마음이라고 한다. 마음의 문제, 즉 부정적인 생각과 감정이 심해지고 오래간다면, 그 원인을 외부에서 찾지 말고 내부에서 찾아야 한다. 왜냐하면, 타인의 마음보다는 자신의 마음을 변화시키기가 훨씬 더 쉽기 때문이다.

마음의 병이 왔을 때 전문기관에서 마음을 변화시키려고 한다면 시간과 비용이 들고 노력을 많이 해야 한다. 따라서 평소에 자신의 마음에 관심을 가져보기 바란다. 마음공부의 첫 단계는 부정적인 감정이 들었을 때 그 원인이 외부에 있는 것이 아니라 자신의 마음에 있음을 알아차리는 것이다.

"마음공부의 첫 단계는 외부에서 원인을 찾는 것을 멈추고 마음을 들여다보는 것이다."

Healing Solution

• 마음공부를 위한 첫 솔루션

1단계: 외부에서 원인을 찾는 것을 멈춘다.

2단계: 자신의 감정을 관찰한다.

3단계: 자신의 생각을 관찰한다.

사고와 감정의 균형을 회복하라

정신분석학의 창시자 지그문트 프로이트와 그의 제자인 칼 구스타프 융, 알프레드 아들러는 저명한 정신과 의사임에도 불구하고 갈등하는 경우가 많았고, 서로 간에 의사소통의 어려움이 있었다고 한다.

그러던 어느 날 융은 '우리는 환자들의 마음을 치료하는 전문가들인데 왜 이렇게 성격이 안 맞지?' 하는 생각을 하게 되었고, 20여 년간 환자들을 진료한 경험을 바탕으로 사람의 성격을 연구한 끝에 인간에게는 타고난 기질이 있음을 알게 되었다. 그 기질 중의 하나는 사고형(Thinkg)과 감정형(Feeling)으로 분류되는데, 선천적으로 사고 기능이 우세한 사람이 있는가 하면 반면에 감정 기능이 우세한 사람도 있다는 것이다.

사고형의 사람은 객관적인 사실에 관심을 가지고 논리적으로, 분석적으로 판단하려 한다. 비판적인 면이 강하며 '맞다 혹은 틀리다'는 식의 사고를 주로 한다. 사고형은 다른 말로 머리형으로도 불린다. 의사 결정을 할 때 머리를 많이 활용한다.

감정형의 사람은 대인관계나 자신이 처한 상황을 고려해서 판단하려 한다. '좋다 혹은 나쁘다.'는 식의 사고를 주로 한다. 감정형은 다른 말로 가슴형으로도 불린다. 의사 결정할 때 가슴을 많이 활용한다.

사고형의 사람은 감정적으로 흔들림이 없어서 학업이나 직업에서 능력을 발휘할 수 있다. 그렇지만 대인관계는 취약할 수 있다. 반면에 감정형의 사람은 사고력이 약하지만 감정이 풍부하고 타인에 대한 배려를 잘하여 대인관계를 원만하게 유지할 수 있다. 그렇지만 학업이나 직업능력은 취약할 수 있다.

나는 사고와 감정을 그때그때 상황에 맞게 활용하기를 권한다. 공부할 때나 직장생활을 할 때는 사고를 활용하여 효율적인 성과를 얻고, 가족 구성원이나 친구 등과 대인관계를 할 때는 감정을 활용해서 타인을 배려하여 원만한 관계를 유지하기를 바란다.

우리는 나 자신이 어떤 사람인지 알고 보완하는 자세가 필요하다.

부모가 지나치게 사고 기능이 우세하고 자녀는 지나치게 감정 기능이 우세한 경우 서로 잘 이해하지 못하고 소통의 어려움을 겪는 경우를 많이 보았다. 부부의 경우도 대화에서 한 사람은 사고 기능을 우세하게 사용하고 한 사람은 감정 기능을 우세하게 사용하는 경우 역시 상호이해와 소통의 어려움을 겪는다.

자신이 사고형(Thinkg)으로 판단된다면 감정을 보완해야 한다. 사고형의 사람이라고 해서 감정 기능이 전혀 없다는 의미는 아니다. 평소 사고 기능을 우세하게 사용함으로써 감정이 억압되어 있어서 감정을 다루는 것이 서툴다는 의미다. 따라서 감정을 표현하는 연습을 자꾸 하고 감정을 계발하는 활동을 의도적으로 해볼 필요가 있다.

애완동물이나 화초를 키우는 것도 도움이 된다. 예술활동을 하거나 예술작품을 감상하는 것도 좋다. 예를 들면 평소 읽지 않는 시나 소설을 읽어보는 것도 도움이 될 수 있다. 또한, 영화를 보거나 텔레비전 개그 프로그램을 통해 웃어보는 것도 도움이 된다.

자신이 감정형(Feeling)이라고 판단된다면 사고를 보완해야 한다. 역시 감정형의 사람이라고 해서 사고 기능이 전혀 없다는 의미는 아니다. 평소 감정을 우세하게 사용함으로써 사고를 다루는 것이 서툴다는 의미다. 따라서 사고를 깊게 하는 연습을 자꾸 하고 사고를 계발하는 활동을 의도적으로 해볼 필요가 있다.

일기를 쓰거나 신문의 사설을 읽거나 텔레비전의 뉴스나 다큐멘터리 프로그램을 보는 것도 좋다. 나는 감정적으로 약해질 때 그 감정 속에서 허우적거리지 말고 의도적으로 방향을 전환해서 생각을 깊게 해볼 것을 제안한다.

물론 이성과 감정의 균형을 찾는 것이 쉬운 일은 아니다. 많은 노력이 요구된다.

나는 어렸을 때부터 작가가 되기를 꿈꾸었지만, 대학교 2학년 때 작가의 꿈을 포기하고 대학원에 들어가서 임상심리학을 전공했다. 내 내면의 넘치는 감정을 표현하는 작가가 되고 싶다는 미련이 있어서인지 냉철한 사고력을 요구하는 대학원 공부는 무척 나를 힘들게 했다. 내가 얼마나 힘들어했는지, 지도 교수님이 어느 날 나를 불러 "내가 보기에 너는 대학원이 안 맞는 것 같아. 다른 길을 찾아보는 게 어때?"라고 말할 정도였다. 나는 이렇게 대답했다. "부모님의 기대를 저버릴 수 없습니다. 그만두는 건 못하겠습니다. 다시 한 번 기회를 주십시오."

석사학위를 취득하고 심리학 관련 직업을 얻을 수 있는 마지막 기회로 여긴 나는 그때 이후 변화되었다. 감정이라는 것이 공부나 생존에 별 도움이 안 된다는 사실을 깨달은 나는 사고력을 계발하여 이성적인 사람이 되기로 마음먹었다. 매일같이 머릿속에 '냉철한 사람이 되자.'는 자기암시와 함께

두 주먹을 불끈 쥐곤 했다. 이를 악물고 이성을 단련시켰다고나 할까? 그래서 그런지 이후 사람들은 나를 보면 첫인상에서 이성적인 사람인 것 같다고 이야기하고 좀 더 대화를 하다 보면 따뜻한 감정의 소유자라는 것을 알게 된다고 이야기하곤 했다.

여기서 주의해야 할 점은 사고와 감정 중에서 자신에게 부족하다고 여겨지는 부분을 보완하라는 말이지 자신의 기질을 변화시키라는 말은 아니다. 변화하려는 노력보다도 더 중요한 것은 내가 원래 어떤 유형의 사람인지 알아차리고 그런 나를 수용하는 것이다.

Healing Solution

• 사고와 감정의 균형을 이루기 위한 솔루션

1단계: MBTI검사를 통해 사고형인지, 감정형인지 알아본다.

2단계: 자신의 기질을 먼저 수용하고 보완하려는 노력을 시작한다.

3단계: 감정 기능이 우세하면 사고력을 계발한다.

4단계: 사고 기능이 우세하면 감정을 계발한다.

Healing Tip

• MBTI 검사

MBTI(Myers-Briggs Type Indicator) 검사는 미국의 심리학자 캐서린 쿡 브릭스와 그의 딸 이사벨 브릭스 마이어스가 칼 구스타프 융의 심리유형론을 토대로 고안해낸 성격유형 검사다.

MBTI 검사를 받으면 본인의 성격유형이 다음 4가지 지표(E–I, S–N, T–F, J–P)를 4x4로 조합하여 산출되는 16가지 성격유형 중 하나에 해당함을 알 수 있게 된다(예: ESTJ, INFP 등).

1. 에너지의 방향(외향성(E)–내향성(I) 지표)
2. 정보수집(감각형(S)–직관형(N) 지표)
3. 의사결정(사고형(T)–감정형(F) 지표)
4. 생활양식(판단형(J)–인식형(P) 지표)

이 검사를 통해 자신의 타고난 기질을 알고 싶다면 가까운 심리상담 관련 기관에 문의하면 된다.

생각의 주인이 돼라

사람들은 생각과 본성을 잘 구분하지 못한다. 생각이 곧 본성이라고 여긴다. 그래서 자신이 혼자라는 생각이 들고 외로움이 엄습하면 함께 있어줄 이들을 찾아 헤맨다. 실패자라는 생각이 들면 우울감에 젖어 습관적으로 술을 마시기도 한다. 못났다는 생각이 들면 열등감에 사로잡혀 방에 틀어박힌다. 즉, 순간적으로 떠오르는 부정적인 생각에 따라 감정과 행동이 좌우되는 생각의 노예가 되어가는 것이다.

초등학교 때부터 미래의 꿈이 작가였던 나는 생각을 많이 하는 것이 멋있다고 생각했다. 그래서 조각가 로댕의 '생각하는 사람'의 자세를 취하면서 항상 생각 속에 사로잡혀 지냈다. 그러던 어느 고3 여름날이었다. 집 근처에 있는 강변을 산책하다가 강둑에 앉아 흐르는 시냇물을 바라보았다. 졸졸졸 흐르는 물소리를 하염없이 들으며 물살이 내 앞을 지나 흘러오고 흘러가는 것을 멍하니 바라보았다. 시간이 얼마나 지났는지 알 수 없었다. 주변을 산책하는 사람들의 발소리도 더는 들리지 않았다. 그러다 말로 표현할 수 없는 행복감에 젖어들었다.

당시 나는 이렇게 속으로 중얼거렸다.

'마음이 평온한 이런 상태가 바로 천국 아닐까? 그런데 이런 상태는 자주 경험하기 어렵겠지. 이건 어쩌다 우연히 일시적으로 일어난 현상일 거야.'

그리고 이날의 경험은 기억 속에서 잊혀 갔다.

그 후 세월이 흘러 심리학 공부와 마음공부를 하면서 생각은 손님처럼 오고 간다는 것을 알게 되었다. 그리고 잡념이 멈춘 텅 빈 고요한 상태가 본성이며, 마음의 본질임을 깨닫게 되었다. 그때 고3 시절 경험한 평온한 마음 상태가 일시적으로 본성을 알아차린 순간이라는 것도 알게 되었다. 수만 명의 내담자를 만나 심리상담을 하면서 생각을 많이 하는 것이 스트레스와 심리적 문제의 원인이라는 것을 더욱 절실히 깨우치게 되었다.

그래서 그들에게 본성을 알아차리도록 제안하고 있다.

나는 내담자들에게 심리상담 초기에 이렇게 말하곤 한다.

"당신은 숲속을 거닐 때, 바닷가에서 수평선을 바라볼 때, 떠오르는 해를 바라볼 때, 좋아하는 노래를 들을 때 잠시나마 마음이 평온해지는 순간을 경험해보셨을 겁니다. 아마도 지금까지는 잡념에 사로잡힐 때가 많았고, 평온한 상태는 어쩌다 한 번씩 짧게 찾아왔을 것입니다. 이제부터는 평온한 상태에 오래 머무르는 방법을 배워야 합니다. 가끔씩 잡념이 쌓였다면 그것이 마음에 온 손님인 줄 알고 보내는 방법을 배워야 합니다. 저와 함께 그렇게 되도록 노력해보시겠습니까?"

그러면 내담자 대부분은 "그렇게 되면 정말 좋을 것 같다."라며 나와 함께 노력하겠다고 한다. 그렇게 함께한 내담자 대부분은 본성을 깨닫고 마음의 고통에서 벗어나 마음관리 방법을 배우게 된다. 그들은 생각의 주인, 마음의 주인, 인생의 주인이 된 것이다.

⏻ Healing Solution

• **생각의 주인이 되기 위한 솔루션**

1단계: 생각을 관찰한다.

2단계: 생각이 오고 감을 관찰한다.

3단계: 생각과 본성을 구분해보기 시작한다.

4단계: 본성이 주인이고 생각은 손님임을 깨닫는다.

마음의 병은 집착으로부터 온다

잡념 때문에 힘들다고 호소하는 사람이 많다. 잡념이 너무 많아서 일이나 학업에 집중할 수 없다고 호소한다. 그런데 이들과 대화를 나누다 보면 잡념의 종류가 많은 게 아니라 한두 가지 생각이 계속 머릿속을 떠나지 않는 경우가 많다. 그래서 그 생각은 탈출구를 찾지 못하고 마음속을 맴돌고 그런 순간에는 외부의 해야 할 일들에 집중할 수가 없게 되는 것이다.

따라서 집중을 못 하니 현실에서 성취하는 것이 적다. 그렇게 되면 그것은 좌절감을 부르면서 또다시 잡념으로 이어지게 된다.

마음의 본성은 잊어버리고 생각이 나라고 여기면서 괴로워하게 된다. 즉, 마음에 병이 오게 되는 것이다. 호수에 떨어진 나뭇잎들이 빙글빙글 돌다가 썩으면 호수까지 썩게 되는 것과 같은 이치다.

나는 마음이 복잡하다며 찾아오는 내담자에게 먼저 이렇게 물어본다.

"마음은 호수와도 같습니다. 호수에 쓰레기가 쌓여있다면 어떻게 해야 할까요?"

그러면 내담자 대부분이 "치워야 합니다."라고 말한다.

"맞습니다. 호수를 깨끗하게 하려면 쓰레기를 호수 밖으로 건져내야 합니다. 그런데 건져내도 또 쌓이는 것이 쓰레기입니다. 그럴 때는 호수에 물길을 내어서 쓰레기를 보내야 합니다. 이와 같이 마음의 잡념도 마음에서 보내야 합니다. 집착은 잡념이 떠나가지 않고 머물러 있는 상태와도 같습니다. 당신에게 도움이 되지 않는 잡념은 마음의 쓰레기일 뿐입니다. 모든 마음의 병은 마음의 쓰레기, 집착에서 옵니다."

내가 심리상담했던 내담자 중에는 자신의 몸에서 대변 냄새가 난다는 생각을 반복적으로 하는 강박증을 지닌 사람이 있었다. 그래서 화장실에서 볼일을 본 뒤 냄새가 나지 않게 하려고 화장지로 계속 닦는 것을 반복하며 30분 이상 머물러 있는 일이 많았다. 냄새를 제거하려고 화장실에 오래 있으므로 인해 오히려 냄새가 더 날 수도 있는데 말이다.

물론 심리상담을 통해 냄새가 날까 봐 걱정하는 강박사고에서 벗어나긴 했지만 사랑이나 직업에 대해 생각해야 할 나이에 냄새에 집착했던 그가 못내 안쓰러웠던 기억이 난다.

Healing Solution

• 집착에서 벗어나기 위한 솔루션

1단계: 어떤 한 가지 주제의 생각에 사로잡혀 있지는 않는지 점검한다.

2단계: 그 생각을 반복하고 있지는 않는지 점검한다.

3단계: 그 생각으로 인해 괴로운지 자문한다.

4단계: 그 생각을 관찰하고 수용한다.

5단계: 어떤 생각이든지 "아! 내가 ~생각하고 있구나."라고 중얼거린다.

6단계: 청소나 걷기 등 신체활동을 시작한다.

긍정사고와 부정사고의 비율을 맞춰라

미국의 인지행동치료 창시자인 아론 벡(Aaron T. Beck)은 우울증을 경험하는 사람들은 자신과 세상, 미래에 대해 부정적인 자동적 사고(automatic thought)를 하는 경향을 지니고 있는데, 이를 '인지삼제(cognitive triad)'라고 했다.

특히 미래에 대해 부정적인 사고를 하는 사람들은 '오늘 내가 괴로우니 내일도 괴로울 것이다. 1년 후도 괴로울 것이고 나의 미래는 결국 절망적이다. 어차피 희망 없는 인생을 살아가느니 죽는 게 낫겠다.'라는 결론에 도달하게 된다고 한다. 이런 미래에 대한 부정적 사고로 인해 우울증에 걸린 사람이 자살을 선택한다는 것이다.

조용한 장소에 앉아 자신, 세상, 미래 중에서 어느 부분에 대해 부정적인 사고를 하고 있는지 차분히 살펴보라. 세 가지 모두에 대해 부정적인 사고를 하고 있지 않다면 다행이지만 어느 것 하나에 대해서라도 부정적인 사고를 하고 있다면 긍정적인 사고로 바꿔 나가는 것이 우울증을 예방하는 하나의 방법이다.

또한, 자신이 하고 있는 생각에 대해 긍정사고 대 부정사고의 비율을 따져보고, 적절한 균형을 맞추는 것도 정신건강에 도움이 된다. 정신적으로 건강한 사람의 경우 긍정사고 대 부정사고의 비율이 1.6대 1.0이라고 한다. 이 비율이 깨진 것을 알 수 있는 신호는 짜증이 자주 나기 시작하는 등 사람들과의 마찰의 증가이다. 이때는 부정사고의 비율이 좀 더 높아진 것을 알아차리고 자기치유를 시작해야 한다.

Healing Solution

• 긍정적인 사람이 되기 위한 솔루션

1단계: 나, 세상, 미래에 대한 긍정사고 대 부정사고의 비율을 점검한다.

2단계: 긍정사고의 비율을 좀 더 높인다.

3단계: 생각과 행동의 비율을 점검하고 좀 더 행동해본다.

4단계: 매일 작은 것이라도 실천해본다.

Healing Tip

• 인지행동치료(Cognitive Behavioral Thearpy; CBT)

다양한 심리적 장애, 우울, 불안, 사회불안, 공포증, 강박증, 조현병 등을 다루는 데 사용 되는 적극적이고 지시적이며, 시간 제한적이고 구조화된 접근이다. 개인의 정서와 행동은 주로 자신이 세계를 구조화하는 방식에 의해 결정된다는 이론적 근거에 기초하고 있다.

우울증아, 반갑구나

살다 보면 매너리즘은 누구나 겪게 되고 반복되게 된다. 어떤 사람에게는 6개월마다 올 수 있고, 어떤 사람에게는 1년마다 올 수도 있다. 이때 매너리즘을 이겨내지 못하고 방치하면 우울증으로 이어질 수 있다.

그렇다고 해서 매너리즘이 꼭 나쁜 것만은 아니다. 매너리즘은 휴식이 필요함에 대한 내면의 신호일 수 있다. 따라서 매너리즘이 왔다면 관점을 바꾸어 발상을 전환해보기를 제안한다. 괴로워하지만 말고 매너리즘이 왔음을 인정하고, 그것을 성장의 계기로 삼기 바란다.

매너리즘이 심해져서 우울증이 왔을 때도 마찬가지다. 우울증이 왔다는 것은 내 몸과 마음에 에너지가 없다는 뜻이다. 이럴 때일수록 외부에서 답을 찾으려고 돌아다니다 보면 몸과 마음의 에너지는 더욱 소진된다. 따라서 먼저 몸과 마음이 보내는 신호에 귀를 기울여야 한다.

나는 우울증이 오면 반갑게 맞이하는 태도가 오히려 우울증을 개선해줄 수 있다고 본다. 우울증이 왔음을 인정하고, 수용하고, 관조하다 보면 새로운 삶의 해답이나 방향성을 자연스럽게 찾게 된다. 우울한 상태는 우리의 인생에서 자동차의 브레이크처럼 천천히 가거나 잠시 쉬라는 내면의 신호일 수 있다. 그 우울한 상태가 주는 교훈을 찾으면 다시 자동차의 액셀러

레이터를 밟고 전진하는 날이 온다. 그런데 우울한 상태를 빨리 벗어나고자 급한 마음에 약물치료를 한다면 병원치료에 의존함으로써 환자로서 삶을 살아가게 될 수도 있다.

Healing Solution

• **우울증에서 벗어나기 위한 솔루션**

1단계: 우울증이 왔음을 수용한다.

2단계: 부정적인 생각이 떠오르면 STOP하고 외치고 긍정적인 속말을 반복한다.

3단계: 우울증이 주는 교훈을 얻고 미래를 향해 전진해본다.

세 가지 방법을 찾아라

세상에는 네 부류의 사람이 있다.

첫째, 계속 참는 사람
둘째, 수시로 화내는 사람
셋째. 참았다가 폭발하는 사람
넷째, 화를 다스리는 사람

화를 계속 참는 사람에게는 우울증이 올 수 있다. '우울증이란 자신에게 향한 분노'라고 정신분석의 대가 프로이트는 말했다. 참는다는 것은 스스로 자신에게 마음의 화살을 쏘는 것과 같다.

수시로 화내는 사람은 계속 참는 사람보다 더 안 좋다. 타인의 가슴에 마음의 화살을 쏴서 타인을 상처 입힌다.

참았다가 폭발하는 사람도 타인의 마음에 심한 상처를 입힌다. 타인의 가슴에 더 큰 화살을 쏘는 것과 같다. 좋은 사람으로 알고 있는 사람이 갑자기 심하게 화를 내면 더 크게 상처를 입는다.

따라서 우리는 화를 다스리는 사람이 되어야 한다. 화를 다스린다는 것은 화를 마음속에 담아두거나 타인에게 표출하는 것이 아니라 잠시 멈추고 이성적으로 생각해보는 것이다.

사람들 중에는 참는 것과 다스리는 것의 차이를 잘 모르는 경우가 많은

데 둘은 완전히 다르다. 참는다는 것은 감정이 자신에게 남아있는 것이고, 다스린다는 것은 감정이 자신에게나 타인에게 흔적을 남기지 않고 공중분해 되는 것으로 표현될 수 있다.

다스린다는 것은 화난 감정이 올라올 때 생각을 깊게 해보는 것이다.

생각을 깊게 하는 습관은 화를 잘 내거나 감정적인 사람들뿐만 아니라 주의력결핍 과잉행동 장애, 반사회성 성격장애, 양극성 장애 등 충동적인 성향을 지닌 사람들에게도 필요하다.

참을성과 인내심이 부족하여 감정과 충동을 조절하기 어려운 사람, 타인에게 폭력을 휘두르거나 남을 속이는 등 범죄 행위를 저지르고도 별다른 죄의식을 느끼지 못하는 사람들은 대부분 사고력이 부족한 경우가 많다.

사고력을 키우는 방법은 행동하기 전에 생각을 먼저 하는 것인데, 다음과 같은 방법을 추천한다.

매리 앤 베시는 『THINK ALOUD』라는 책에서 '4단계로 생각하기'에 대해 말하고 있다. ADHD 등 충동적인 성향을 지닌 아동에게 과제를 수행하면서 다음과 같이 소리 내어 말하도록 한다.

1단계: 문제가 뭐지?

2단계: 어떻게 해야 하지?

3단계: 계획한 대로 잘 되고 있나?

4단계: 계획한 대로 일이 잘 끝났나?

소리 내어 말하면서 수행하는 것이 익숙해지면 속으로 말하면서 수행하도록 한다. 속으로 말한다는 것은 생각이기 때문에 결국 생각을 깊게 하는 훈련이 되는 것이다.

나는 2단계의 '어떻게 해야 하지?'를 응용하여 화를 잘 내는 등 충동적인 성향을 지닌 사람을 비롯해 문제해결 기술이 필요한 사람에게 세 가지 방법을 생각해보도록 권한다.

이런 나의 아이디어는 『사기(史記)』「맹상군열전(孟嘗君列傳)」에 나오는 고사성어 '교토삼굴(狡▩三窟)'에서도 영향받은 바 있다. 한자 그대로 해석하자면 교활한 토끼는 굴을 세 개 판다는 뜻이다. 토끼의 경우는 작고 약한 동물로 호랑이나 늑대 등 맹수의 공격을 받기 쉬워서 나름의 생존전략이 필요할 것이다. 숨을 수 있는 굴이 하나가 아니고 세 개라면 피신할 수 있는 곳이 많아 생존에 유리할 것이다.

이는 사람들의 분노조절을 위한 사고력 연습을 포함하여 일상의 문제해결 상황에서도 적용된다.

내담자, 교육생, 지인 등 수많은 사람을 만나보니 문제가 생겼을 때 생각없이 대처하는 사람도 있고, 한 가지나 두 가지 방법을 생각하는 사람은 있었다. 그러나 세 가지 방법까지 생각하는 사람은 많이 보지 못했다. 세 가지 방법을 생각해내고 실천할 수 있다면 생각이 깊어져서 화를 조절하는 등 충동성을 자제할 수 있으며, 인내심이 길러졌다고 볼 수 있다.

교토삼굴이란 고사성어가 있었던 것을 보면 옛사람들도 세 가지 방법을 통해 감정조절을 하는 등 지혜롭게 한세상을 살아갔던 것이 아닌가 생각된다.

Healing Solution

- **화를 다스리기 위한 솔루션**

1단계: 화는 참거나 표출하는 것이 아니고 조절하는 것이라는 것을 깨닫는다.

2단계: 화를 내지 않기로 선택한다.

3단계: 화는 생각에서 온다는 것을 알아차린다.

4단계: 화난 순간 떠오른 생각을 바꾼다. 화날 때 실천할 수 있는 세 가지 방법을 생각해본다.

5단계: 세 가지 방법을 찾는 사고의 습관을 지속한다.

정신적 에너지를 충전하라

사람들을 힘들게 하는 대표적인 감정은 우울, 불안, 분노라고 할 수 있다. 그러나 이런 감정이 나쁜 것만은 아니고 없애야 하는 것도 아니다. 사람의 모든 감정은 생존과 적응을 위해서 꼭 필요하고 삶을 생생하게 살아가도록 해준다.

우울은 자신을 돌아보고 반성하게 하는 계기가 될 수 있다. 불안은 앞날을 대비하도록 도와준다. 분노는 누군가가 자신의 영역을 침범하거나 괴롭힐 때 방패 역할을 한다. 누군가 내 소유물을 빼앗아 갈 때, 위정자가 잘못된 정치를 할 때 화를 내는 건 정당한 분노라고 볼 수 있다.

이러한 감정들이 오래 지속되고 심해질 때 마음의 병이 왔다고 볼 수 있다. 우울이 심하고 오래 지속되면 우울증이 되고, 불안이 심하고 오래 지속되면 불안증이 된다. 분노의 경우도 심하고 오래 지속되면 간헐적 폭발성장애(Intermittent Explosive Disorder)로 발전할 수 있다. 대중적인 용어로는 분노조절 장애로 더 잘 알려져 있다.

심리상담센터에 오는 사람 중에 우울하고 불안한 사람이 많을 것으로 생각될 수 있는데 의외로 분노조절 문제로 오는 분이 많다.

사소한 이유로 짜증을 잘 내고 주변 사람과 갈등이 많아진다면 내면에 부정적인 에너지가 증가하고, 긍정적 에너지가 줄어든 상태이다. 이런 상태에서 화를 비롯한 부정적 감정을 풀고자 외부에서 해결책을 찾는 일은 별로 도움이 안 될 수 있다. 화가 난 상태에서 사람들을 만나면 자기도 모르게 타인의 감정을 상하게 하는 부정적인 말과 행동을 함으로써 말다툼 등 불쾌한 일들이 생길 수 있다.

분노 등 부정적 감정으로 불안정해지고 정신적 에너지가 소진되어 갈 때는 휴대전화 배터리를 충전하듯이 마음의 에너지를 충전할 필요가 있다.

Healing Solution

- **정신적 에너지 충전을 위한 솔루션**

  1단계: 조용한 장소를 찾아서 편안한 자세로 눈을 감는다.

  2단계: 머리에 집중하지 않고 코끝에 집중한다.

  3단계: 코끝의 호흡을 가만히 관찰한다.

  4단계: 몸과 마음이 상쾌해지면 "편안해졌습니다."를 반복하며 눈을 뜨고 현실로 돌아온다.

성공하고 싶은 당신, 감정조절을 잘하라

나는 인간관계를 비롯한 인생의 성공과 실패가 감정조절을 잘하느냐 못하느냐에 달려있다고 본다. 주위 사람들과 감정적으로 문제가 생겨 사이가 틀어지면 결국 인간관계가 단절될 수 있기 때문이다. 예를 들어, 학생인 경우 친구들과 사이가 나빠져서 따돌림을 당하게 되면 학교를 그만둘 수 있다. 직장인인 경우 동료들과 자주 다투거나 충동적인 행동을 함으로써 부적응을 겪게 되고 직장을 그만두게 된다.

감정은 머릿속의 생각에서 비롯된다. 다시 말해 머릿속의 생각이 감정을 일으키는 것이다. 감정은 가슴에서 느껴지므로 사람들은 생각보다는 감정을 비교적 잘 인식한다. 생각은 머릿속에서 진행되기에 인식을 잘하지 못한다. 사람들이 '그냥 우울하다', '그냥 불안하다', '그냥 화가 난다'고 하는 이유는 생각이 번개같이 지나가고 난 뒤에 감정이 일어나기 때문이다. 따라서 자신의 감정이 생긴 원인을 찾기 어려워서 그 원인을 외부에서 찾게 된다. 외부의 조건은 자신이 통제할 수 없으므로 해결책을 찾기 어렵고, 결과적으로 감정조절을 잘하는 방법을 찾기 어렵다. 따라서 감정조절의 어려움이 있다면 그 감정이 생각에서 유발된다는 것을 알아차리는 연습이 필요하다.

인지행동치료에서는 자동적 사고(automatic thought)를 찾고 변화시킴으로써 감정조절을 하도록 훈련한다. 자동적 사고란 머릿속을 번개같이 스치는 생각을 말하는데, 어떤 사건이나 사람을 맞닥뜨렸을 때 짧게 지나가는 그 생각이 우리의 감정을 좌우한다는 것이다. 예를 들어, 내가 길을 가다가 누군가를 봤을 때 그 사람이 내가 예전에 싸웠던 사람과 외모가 비슷할 경우 그 생각이 번개같이 스쳐 지나가면서 그에 대해 불쾌한 감정이 떠오른다는 것이다.

정리하자면 우리가 감정을 조절하기 힘든 이유는 번개같이 스치는 생각으로 인해 감정이 일어난다는 것을 모르기 때문이다. 따라서 우울하거나 불안하거나 화가 날 때는 방금 전 내 머릿속을 스쳐 간 생각이 무엇인지 스스로에게 물어보고, 어떤 생각인지 알아차리고, 그 생각을 바꿔야만 감정을 조절할 수 있다.

그러면 생각이 변화되니 감정이 변화되고 감정이 변화되니 행동이 변화된다. 변화된 행동을 반복하면 습관이 되고, 습관이 쌓이면 인간관계나 하는 일들에서 작은 성공이 쌓이기 시작한다. 결과적으로 감정조절을 잘하게 된 그는 성공하는 사람이 되는 것이다.

심리상담에서는 생각을 바꾸는 연습을 통해 감정과 행동을 조절하는 방법을 배운다. 생각을 바꾸는 것은 결코 쉽지 않은 일이다. 생각을 바꾸기 어려우니 습관을 바꾸기 어렵고, 습관을 바꾸기 어려우니 인생을 바꾸지 못하는 것이다.

Healing Solution

- **인지행동치료에 근거한 감정조절 솔루션**

1단계: 남 탓을 멈추고 부정적인 감정의 원인이 나의 마음 탓이라는 것을 알아차린다.

2단계: 마음 중에서 생각과 감정을 구분하도록 한다.

3단계: 생각이 감정을 일으키고 감정이 행동을 일으킨다는 것을 알아차린다.

4단계: 부적응적 생각을 논리적, 현실적, 효율적인 사고로 바꾸는 연습을 한다.

잠이 오는 날도 좋다, 잠이 잘 오지 않는 날도 좋다

인간의 기본적 욕구인 수면에 대해서 스스로 통제력을 상실하여 심리상담센터를 찾는 사람이 늘고 있다. 즉, 불면증을 호소하는 사람들인데, 그들의 불면증의 이유를 한마디로 표현하면 생각이 멈추지 않는 것이다. 즉, 텔레비전이나 컴퓨터가 밤새 켜져있는 것과 비슷하다고 할 수 있다.

잠을 제대로 못 자면 아침에 일어날 때 머리는 몽롱하고 몸은 피곤할 수밖에 없다. 따라서 학교나 직장에 가서 강의나 업무에 집중을 할 수 없고, 집에 돌아와서는 그에 대한 자책을 하게 된다. 자책을 하면 잠을 깊게 자지 못하고 이튿날도 뭔가 상쾌하지 못한 상태로 지내게 된다.

불면증을 호소하는 사람들의 잠에 대한 생각은 대부분 비슷하다.

1. 숙면을 취해야 한다.
2. 푹 자야 다음 날 일에 지장이 없다.
3. 하루 7~8시간은 꼭 자야 하며 규칙적으로 수면이 이루어져야 한다.
4. 예전에는 숙면을 취했으니까 예전으로 돌아가고 싶다.

위의 잘못된 생각들이 불면증을 초래한다는 것을 그들은 모른다.

최근에도 어떤 여성이 나를 찾아와 숙면을 취할 수 있다면 어떤 방법이든 따르겠다며 간절하게 치료해줄 것을 호소한 적이 있다. 그녀는 내게 물었다.

"숙면을 취하고 싶어요. 예전으로 돌아가고 싶어요. 밤에 잠을 못 자니 일에 지장이 있어요. 어떻게 하면 좋아요?"

나는 그녀의 물음에 대답했다.

"잠을 자야 한다는 생각이 더욱 잠들지 못하게 합니다. 그것도 생각이니까요. 그 생각조차 내려놓아야 잠이 들게 됩니다. 무념무상 상태에 들어가야 합니다."

"그리고 '잠을 잘 자도 좋다. 그렇지 못해도 견딜 수 있다.'고 스스로에게 말해보세요. 잠에 대한 사고의 융통성이 필요합니다."

나는 불면증에 대한 인지행동치료 기법 몇 가지를 그녀에게 적용하였고, 아래와 같은 몇 가지 자기치유 방법을 알려주었다. 그 결과, 그녀의 불면증은 개선되었다.

첫째, 생각을 내려놓고 코끝의 호흡에 집중한다.

눈을 감은 채 숨을 들이마시고 내쉬다 보면 '집중'이 머릿속 생각에서 호흡으로 옮겨오면서 생각이 멈추게 되고, 자연스럽게 잠에 빠져들게 된다.

둘째, 잠자리에 들기 직전 텔레비전, 컴퓨터, 휴대폰을 보지 않는다.

잠이 오지 않는다는 이유로 텔레비전을 틀어놓거나 컴퓨터와 휴대폰으로 영화나 드라마를 보거나 게임을 하는 경우가 있다. 물론 그러다 보면 졸음이 밀려오고 잠에 빠져들 수도 있다. 하지만 숙면을 취하기는 힘들다. 잠들기 전에 봤던 영화나 드라마, 자신이 했던 게임에 대한 이미지가 잘 때도 계속 연상되고 그와 관련된 꿈을 꾸면서 숙면을 방해하게 된다. 따라서 일시적인 효과를 볼 수는 있지만, 장기적으로는 불면증이 더 심해질 수 있다.

셋째, 방 안을 걷는다.

일어나서 천천히 걸어보는 것이다. 여건에 따라 내 방도 좋고 마당도 좋고 집 주위도 좋다. 방이 좁다면 제자리걸음을 해도 좋다. 걸으면 다이어트 효과도 있고 피로해지면서 저절로 잠이 오기 마련이다.

가장 좋지 않은 방법은 잠이 오지 않는데도 계속 침대에 누워있는 것이다. 그러다 보면 '대체 왜 잠이 오지 않는 거지. 내일 일하려면 꼭 자야 한다.' 라는 생각을 끊임없이 하면서 잠을 자려고 발버둥질하게 된다.

그래도 잠이 안오면 '나의 정신에 문제가 생겼나?', '이러다 불면증 환자 되는 거 아니야?'는 등의 자책을 하면서 부정적인 생각이 꼬리에 꼬리를 물게 된다. 그리고 어느새 침대는 '짜증 나는 장소'로 뇌에 각인된다. '짜증 나는 장소'에 누워 잠이 오기를 바라는 것은 이루어질 수 없는 소원을 비는 것과도 같다.

'침대-> 편안하다-> 푹신하다-> 꿀잠-> 행복한 곳'이라는 마인드맵이 형성되어야 잠에 대한 집착에서 벗어날 수 있다.

Healing Solution

- **불면증에서 벗어나기 위한 솔루션**

1단계: 잠에 대한 잘못된 사고를 점검한다.
'~해야 한다.'로 끝나는 사고는 잠에 대한 잘못된 사고다.

2단계: 잠에 대해 융통성 있는 사고로 변화시킨다.

3단계: '잠이 와도 좋고 잠이 안 와도 견딜 수 있다.'고 자기암시를 한다.

4단계: 잠에 대해 생각하는 것을 줄인다.

5단계: 잠이 안 오는 경우 운동이나 독서를 하거나 생산적인 활동을 한다.

부정적인 습관을 고치고 싶다면, 매일 자기최면을 하라

성인의 경우 대인관계가 비교적 원만하고 직장에 잘 다니고 있다면 어느 정도 적응을 잘하고 있으며, 정신건강도 큰 문제가 없다고 볼 수 있다. 좀 더 그 사람의 적응 정도나 정신건강의 질에 대해 파악하고 싶다면, 평소 그 사람의 생각, 감정 및 행동을 살펴보면 알 수 있다. 어떤 사람은 생각 부분에, 어떤 사람은 감정 부분에, 어떤 사람은 행동 부분에 문제가 있을 수 있다. 물론 세 가지 요소는 상호 관련되어 있고, 본질적으로는 생각이 감정과 행동에 영향을 미친다.

생각 부분에 문제가 많으면 강박증으로 발전할 수 있고, 감정 부분에 문제가 많으면 우울증이나 불안증 및 공황장애 혹은 간헐적 폭발성 장애로 발전할 수 있다. 행동 부분에 문제가 많으면 알코올중독, 니코틴중독 및 도박중독 경향을 보인다.

생각이나 감정으로 비롯된 심리적 문제의 경우도 그렇지만 특히 알코올중독을 비롯한 행동 문제는 증상수준이 되면 심리상담을 통해서도 개선이 잘 되지 않는다.

사람들이 술에 중독되는 과정을 예로 들어본다.

어느 비 오는 날 마음이 울적해서 술을 마셨다. 술로 인해 기분이 좋아졌다. 다음에 또 비가 오는 날 역시 기분이 울적해서 술을 마셨다. 역시 기분이 좋아졌다. 다음에는 해가 뜨고 날씨가 좋고 기분이 좋은 날에도 술이 생각났다. 지인들과 맛있는 음식을 먹을 때도 술이 연상되어 술을 주문했다. 나중에는 홀로 집에 있는 주말에 안주 없이 술을 마시게 되었다. 즉, 술을 습관적으로 마시게 된 알코올중독 환자가 된 것이다.

다시 말해 처음 술을 마셨을 때 느꼈던 긍정적인 감정이 술을 마시는 행동을 지속하게 하고, 그러다 습관이 되고 술로 인한 폐해가 많아지면 알코올중독 단계인 것이다. 중독 행동은 대부분 중단하기가 어렵다. '다시는 술을 마시지 말아야겠다. 담배를 피우지 말아야겠다. 도박을 하지 말아야겠다. 게임을 하지 말아야겠다.'고 굳게 결심해도 이미 습관화되어있어서 행동을 변화시키지 못하는 경우가 많다. 감정에 수반된 행동의 반복은 습관이 되어 무의식에 각인되기 때문이다.

나는 중독 행동을 비롯하여 스스로 행동변화를 원하는 사람에게 자기최면 방법을 권하고 싶다. 매일 자기암시를 반복하면 그 암시가 무의식에 영향을 미쳐 부정적인 습관이 변화될 수 있다. 이 방법으로 나도 인생에서 많은 변화와 성취를 이뤄 왔다.

이때 주의할 점이 있다. '나는 술을 마시지 않겠다.'는 식으로 부정적인 문장을 사용해서는 안 된다는 것이다. '나는 술을 마시지 않겠다.'고 하면 술병이 떠오르면서 술집에 가게 된다. '나는 담배를 피우지 않겠다.'고 하면 담배가 떠오르면서 담배를 사러 가게 된다. 따라서 '나는 좋은 것만 내 입에 넣는다. 그러면 몸과 마음이 건강해진다.'는 식으로 긍정적인 문장을 사용해야 한다.

즉, 무의식에서는 긍정문과 부정문을 구분하지 못하기 때문이다.

Healing Solution

- **자기최면 원리에 근거한 부정적인 습관개선 솔루션**

1단계: 긍정문으로 작성한다.

예) 나는 부정적인 생각을 하지 않는다.

-> 나는 긍정적인 생각을 한다.

2단계: 숫자로 표현한다.

나는 하루 5번 긍정적인 생각을 한다.

3단계: 현재형으로 표현한다.

나는 지금 이 순간부터 긍정적인 생각을 한다.

4단계: 보상과 연결시킨다.

긍정적인 생각을 하면 나는 원하는 상대를 만날 수 있다.

5단계: 반복해서 암송한다.

행동으로 나타나고 변화되었다고 생각될 때까지 한다.

마음의 쓰레기를 흘려보내라

마음속에 잡념, 즉 쓰레기가 조금 쌓이면 스트레스, 좀 더 쌓이면 우울증이나 불안증, 거기서 조금 더 쌓이면 강박증, 이제 더 담을 공간이 없어지면 조현병이 된다. 조현병은 가장 심각한 심리적 문제이고, 그 종착지는 정신병원이다. 조현병의 경우 정신병원에서 입원치료와 약물치료를 하는 것이 보편화되어있다.

사고와 지각 부분에 심각한 문제가 있는 조현병의 대표적인 증상으로는 환각(환청, 환시 등)과 망상을 들 수 있다. 환각은 오감에 대해 잘못 지각하여 다른 사람들은 보고, 듣고, 냄새 맡고, 맛보고, 만질 수 없는 감각을 사실인 것처럼 느끼는 것을 말한다. 특히 조현병 환자의 90% 이상이 남들은 듣지 못하는 소리를 듣는 환청증상을 보이는 것으로 알려져 있다. 망상은 타인은 이해할 수 없고, 이치에 맞지 않는 잘못된 생각이나 신념을 굳게 믿는 것을 말한다. 조현병이 생기는 원인에 대한 이론은 다양하지만, 생물학적 입장에서는 뇌의 도파민이라는 신경전달물질이 과다 활동할 때 야기된다는 뇌의 장애라는 입장이 가장 주목받고 있다.

그러나 심리학자인 나는 다년간 만 명 이상의 심리상담 경험에 근거하여 호수에 쓰레기가 차면 호수가 썩듯이 사람의 마음속에 잡념이 쌓여서 복잡해진 상태가 조현병이 생기는 하나의 원인이라고 본다.

홍자성의 『채근담』에도 이와 비슷한 구절이 있다.

'마음과 몸이 밝으면 어두운 곳에도 푸른 하늘이 있고, 생각하는 머리가

어둡고 우매하면 환한 대낮에도 도깨비가 나온다.'

여기서 언급한 도깨비라는 것이 환청, 환시를 비롯한 환각증상 아니겠는가?

『정신분열병의 인지행동치료』라는 책에서 영국의 심리학자들 입장도 나의 생각과 비슷하다는 근거가 있다. 이 책에서는 누구나 환청, 환시를 비롯한 환각증상을 경험할 수 있다며 그 예를 제시하고 있다. 불면, 과도한 음주, 심한 스트레스 이후 찾아올 수 있는 환각증상에 대해 환자가 되는 사람은 외부에 원인을 두고 비현실적인 해석을 하고, 환자가 아닌 일반인은 무시하는 등의 현실적인 해석을 한다는 것이다. 즉, 초기 대처 부분에 있어 비현실적인 사고와 현실적인 사고 중 어떤 사고를 선택하느냐가 환자가 될지 정신건강이 양호한 일반인이 될지가 결정된다는 것이다. 이러한 사고의 차이로 인해 생기는 것이 대부분의 심리적 질환이다. 일상생활에서 흔히 겪는 스트레스조차도 누구나 겪으며 당연한 것이라고 생각될지 모르지만 어떤 사고를 선택하느냐에 많은 스트레스를 받을 수도 있고, 쉽게 벗어날 수도 있는 것이다. 이는 전세계에서 과학적인 심리치료로 입증된 인지행동치료의 입장이다. 어떤 것이 진리라면 모든 상황에서도 다 맞아야 진리인 것이 당연하지 않은가?

어느 날 20대 중반의 여성이 나를 찾아왔다. 그녀는 자신이 예전에 조현병을 앓은 적이 있다며 간절한 어조로 부탁했다.

"저는 돈도 없고, 시간도 없습니다. 최대한 빨리 좋아지는 마법 같은 방법은 혹시 없나요? 저는 꼭 조현병을 고치고 싶습니다."

나는 그녀에게 말했다.

"제가 말씀드린 방법을 믿고 실천한다고 약속하면 알려드리겠습니다."

그녀는 눈물을 흘리며 고개를 끄덕였다.

"당신을 힘들게 하는 생각은 대부분 불필요한 것입니다. 일종의 마음속 쓰레기 같은 거죠. 현실적인 적응에 도움이 되지 않는 불쾌한 생각은 무엇이든지 '이건 쓰레기야.'라고 중얼거리며 버려보시겠어요?"

그 말을 믿고 실천한 것인지, 일주일 후 다시 나에게 왔을 때 그녀는 상당히 안정된 모습을 보였다. 나는 얼굴 표정, 말투 및 자세를 통해서 그녀의 상태가 많이 호전되었음을 알아차릴 수 있었다.

나는 마음공부와 심리상담경험에 근거하여 '버리기 명상'을 자체 개발하였다.

Healing Solution

- **문가인의 '버리기 명상'에 근거한 잡념 줄이기 솔루션**

1단계: 눈을 감고 하얀 보자기가 옆에 있다고 상상한다.

2단계: 편안한 장소에 앉아서 마음속에 떠오르는 잡념을 관찰한다.

3단계: "~을 버립니다."를 반복하며 그 잡념들을 버리는 상상을 한다.

4단계: 다 버려졌다고 생각되면 보자기를 묶어서 불태운다.

5단계: 잡념이 다 타버린 곳에 하얀색 재가 있다고 상상한다.

6단계: 내 머릿속이 하얗다고 상상한다.

매일 힐링을 노래하라

눈을 떠서 잠들 때까지 우리는 지식, 정보 및 광고에 노출된다. 이런 지식, 정보 및 광고는 우리가 원해서 접하는 것도 있지만 우리에게 말 그대로 보여지거나 들려지는 것도 많다. 잠을 자는 시간을 제외하고는 안 보고 안 들을 수 없다.

원하지 않는데 보이는 것들, 들려지는 것들, 원하지 않는 사람들과의 만남은 우리를 피로하게 한다. 지치게 한다. 에너지를 빼앗아 간다. 두통이 오고 가슴이 답답해지기 시작한다. 바로 이때가 심신의 힐링이 필요한 시점이다. 이때 휴식을 취하지 않고 계속 일하거나 움직인다면 저녁 시간에는 지쳐서 아무런 에너지도 남아있지 않게 된다.

운동이나 힐링을 하려면 의상을 갖추고 어딘가를 가서 무언가를 해야 한다고 생각해서 지레 포기하는 사람들도 있다.

나의 운동방법을 소개해보자면 그냥 걷는 것이다. 퇴근하고 집에 와서 좀 걷고, 자다가 잠이 안 오면 좀 걷고, 새벽에 일어나면 좀 걷고 하는 것이다. 평상복 그대로 내 공간에서 팔과 다리를 움직여 휘적휘적 걸어보는 것이다. 다이어트도 되고 잠도 잘 온다.

힐링 방법 역시 간단하다. 두통이나 가슴의 답답함이 조금이라도 인식되면 그냥 앉아 있는 그 자리에서 눈을 감아본다. 그다음에는 머릿속의 생각을 잠깐 내려놓고 코끝의 호흡에 집중한다. 그리고 양 손가락으로 긴장이 느껴지는 부위들, 예를 들면 머리, 어깨, 가슴을 톡톡 두드려준다. 그러면 점점 몸과 마음이 가벼워지면서 머릿속의 두통이 사라지고, 어깨의 뻐근함도 사라지고, 가슴속의 답답함도 사라지게 된다.

조금 더 시간의 여유가 있으면 가까운 카페에 간다. 차를 시켜 한두 모금 마시며 음악 소리를 들으면서 앉아있다 보면 마음이 착 가라앉는다. 어떤 경우는 현재 갈등하는 내용들에 대한 시상을 떠올린다. 휴대전화의 메모장에 한 줄이든 두 줄이든 형식에 얽매이지 않고 적어본다. 시간은 어느덧 흐르고 더욱더 마음은 편안해진다. 이제는 적어놓은 시를 읽어본다. 집중에서 전체 내용을 살펴본다. 앞의 「찻집에 혼자 가면」을 포함한 많은 시가 카페에서 탄생했다.

공휴일이라든가 주말에 해야 할 일이 없을 때는 바다에 간다. 서울과 포항을 오가는 삶이기에 가능할 것이다. 포항은 마음먹으면 5분 안에 바다나 강, 산에 도착할 수 있다. 이런 힐링 시간을 쉽게 가질 수 있다는 점은 중소도시나 시골에서 살아갈 때의 매력 중 하나일 것이다.

홀로 명상을 하거나 카페나 바다를 가는 것 외에도 나의 힐링은 일상에서도 지속된다. 머리를 안 자를 수 없고 옷을 안 입을 수 없으니, 미용실과 옷가게에는 가끔씩 가야 한다. 이때 편안한 성격의 소유자가 운영하는 단골매장을 선택한다. 오래 다니다 보면 그는 직업을 비롯한 나의 사적 정보는 잘 모르지만, 그 순간은 서로 소통하며 에너지가 충전되는 시간이 되기도 한다.

이처럼 힐링할 수 있는 마음의 쉼터, 세이프존(safe zone)은 어디 멀리 있는 것이 아니다. 힐링은 마음만 먹으면 매일, 매 순간, 어떤 장소, 어떤 사람과도 가능할 수 있다. 지금 이 순간 나와 같은 공간 속에 있는 그 사람과도 가능할 수 있다. 내가 마음의 문을 열고 누구하고도 소통하겠다는 진실한 마음가짐을 가지고 사람들에게 손을 내밀 수 있다면 말이다.

이렇게 매 순간 힐링할 수 있다면 가까이에 있는 사랑하는 사람에게 짜증이라는 말의 독화살을 덜 쏘게 된다. 오히려 인간관계를 비롯한 모든 일이 선순환의 구조로 돌아서리라.

Healing Solution

- **힐링을 생활화하기 위한 솔루션**

1단계: 명상이 필요하면 즉시 눈을 감아본다.
2단계: 운동하고자 하면 집에서 바로 걷기를 시작한다.
3단계: 자주 가는 미용실이나 옷가게는 대화가 통하는 사람이 운영하는 곳으로 선택한다.
4단계: 집 근처의 공원이나 산책로를 산책한다.
5단계: 반려동물을 키운다.

잠재의식과 소통하라

'문가인의 마인드 모델'은 마음을 의식, 무의식, 잠재의식 세 가지로 구분하고 있다. 마음의 구조는 인지행동치료, 정신분석, 최면 등의 분야에서 다양한 의견이 있을 수 있다.

의식은 사고의 영역이고, 무의식은 감정, 습관 및 기억의 영역이다. 잠재의식은 본성이다. 잠재의식은 텅 빈 마음으로 아직 경험을 통한 프로그램이 설정되지 않은 상태이다. 우주의 에너지와 연결되어있는 이 텅 빈 마음을 참마음이라 칭할 수 있다. 내가 운영하는 '참마음 심리상담센터'의 '참마음'이란 단어는 이 잠재의식을 칭한다.

마음속의 자신, 즉 잠재의식은 나의 모든 것을 알고 있다. 그러나 살면서 가족이나 친구, 지인과 대화를 나누는 일은 많아도 자신의 잠재의식과 대화하는 일은 거의 없을 것이다.

나는 내담자와 심리상담을 진행할 때 최종단계에서 자신의 잠재의식과 소통을 하게 한다. 마음공부를 하는 사람들도 마지막 단계는 본성을 깨닫는 것이리라. 즉, 잠재의식의 존재를 인식하고 잠재의식과 대화를 나누면 좀 더 깨달음이 많아져 지혜롭게 살아가게 되는 것이다.

내담자 중에는 마음공부 수준에 따라 이 최종단계를 깨우치지 못하는 사람도 있다. 그렇지만 나의 심리상담 과정 안에 잠재의식을 알아차리고 소통하는 프로그램은 계획되어있다. 나의 계획과 다르게 내담자가 이 단계를 알아차리지 못하거나 도달하지 못한다면 '아직 준비가 되지 않았구나.' 하고 인정하고 다음을 기약한다.

나는 심리상담 과정에서 내담자가 자기 자신과 대화를 하는 순간 통찰을 겪으면서 극적으로 바뀌는 경우를 많이 경험하였다. 물론 이런 일이 쉽게 이루어지는 것은 아니다. 자신과 만나려면 먼저 마음공부가 어느 정도 되어있어야 한다.

미국의 천재적인 정신과 의사로 최면에 조예가 깊었던 밀턴 에릭슨(Milton H. Erickson)은 이렇게 말했다.

> "환자는 잠재의식과의 라포(Rapport. 친밀감)가 깨어진 사람, 자기 잠재의식과 소통이 안 되는 사람이다."
>
> (어떤 책에서는 무의식으로 표기되어있기도 함.)

따라서 환자가 되어가는 과정은 잡념이 본성을 뒤덮은 상태라고 볼 수 있다. 즉, 마음이란 호수에 잡념이란 쓰레기가 꽉 찬 것으로 비유할 수 있다. 증상은 잡념의 정도에 따라 우울증, 불안증, 강박증, 조현병 등으로 구분할 수 있을 것이다.

우리나라의 정신의학과나 심리학과의 교육과정에서는 잠재의식을 학문적으로 크게 다루고 있지 않지만, 최면가(Hypnosist)들은 대부분 잠재의식을 인정하고 이를 치료도구로 활용한다.

나는 오랜 임상경험을 통해 최면을 통해 잠재의식을 활용하면 내담자에게 보다 쉽고 빠르게 변화를 유도할 수 있고, 대부분의 심리적 문제가 치유

될 수 있음을 확인하였다.

잠재의식을 알아차리기만 해도 잡념은 대부분 빠르게 사라진다. 마치 도둑이 집 안에 몰래 들어온 것을 주인이 알아차리기만 해도 줄행랑치는 것과 같다.

Healing Solution

- **잠재의식과 소통하기 위한 솔루션**

  1단계: 머리에서 코끝으로 집중의 방향을 옮긴다.

  2단계: 코끝에서 심장으로 집중의 방향을 옮긴다.

  3단계: 심장 아랫부분에 손을 얹고 몸 전체에서 들려오는 메시지에 집중한다.

  4단계: 머릿속의 생각과 대화를 나누는 것이 아니라 몸 전체의 느낌과 소통한다.

Part 2
대인관계

Self Healing Book

차라리 침묵하라

이성적인 사람의 긍정적인 말은
타인에게 지혜를 준다.
감정적인 사람의 긍정적인 말은
타인에게 사랑을 준다.

이성적인 사람의 부정적인 말은
타인의 머릿속에 번뇌를 일으킨다.
감정적인 사람의 부정적인 말은
타인의 심장에 가시가 되어 박힌다.

누군가에게 긍정의 말을 할 수 없다면
차라리 침묵하라.

–

갑과 을

당신은 자신이 갑이라고 생각하는가?
을이라고 생각하는가?

당신이 자신을 갑이라고 생각한다면
당신은 갑이다.
당신이 자신을 을이라고 생각한다면
당신은 을이다.

혹시 당신 마음속에서
갑과 을이 싸우고 있지는 않는지 살펴보라.

그래도 자신이 을이라고 생각된다면
갑으로 보이는 사람에게 물어보라.
"당신은 갑입니까?"

그는 대답할 것이다.
"아니에요. 무슨 말씀이세요.
제 위에 갑이 얼마나 많은데요."

당신이 지금 자신을 을이라고 생각한다면
당신은 정상이라고 생각되는 지점에 올라가도
여전히 을인 자신을 발견하게 될 것이다.
왜냐하면 자신이 을이라는 생각에서
벗어나지 못했기 때문이다.

그러니, 그대여!
지금부터 마음속의 갑을 타령 그만두어라.
갑과 을은
자신의 마음에서 그렇게 정한 것일 뿐.
또한, 신 앞에서 인간은 모두 을임을
잊지 마라.

누군가가 밉다면

삶을 살아가다 보면
미운 사람을 만날 때가 있다.

누군가를 미워하면
그 사람에게 해가 갈 것만 같다.
그러나 미움은 당신 마음속에 있기에
당신이 가장 괴롭다.

특히 누군가를 이유 없이 미워할 때는
그 이유를 알 수 없어
마음 다스리기가 더욱 어렵다.

누군가가 이유 없이 미운 경우
원인은 당신에게 있다.

사람들은 약점이나 단점을
마음속 어두운 곳에 감추어 둔다.

그런데 누군가가 그것을 밝은 빛에
내보이며 활보한다면 어떻겠는가.

그것이 이유 없는 미움의 원인임을 알고
상대를 너무 미워하지 마라.
사람들은 누구나 사랑받고 인정받고자
미소 짓고 있음을 잊지 마라.

사람들이 무시한다고 생각될 때는

누군가가 나를 무시한다고
생각될 때는 두 가지 경우가 있다.

무시한다고 오해하는 경우와
실제로 무시하는 경우다.

오해하는 경우는
잘못된 생각을 바꾸어라.
실제로 무시하는 경우는
무시 받지 않도록 분발하라.

가장 좋은 방법은
타인이 나를 무시하든 말든
신경 쓰지 않는 것이다.
어떠한 경우에도 나만은
나를 있는 그대로 인정하는 것이다.

마음의 문을 닫고 있는 이에게

마음에는 문이 있다.
사람들은 보이지 않아서 없는 줄 안다.
그래서 마음의 문을 닫고 있는 이가 많다.

스스로 마음의 문을 닫고 살면서
사람들이 자신을 싫어한다고 한다.
미워한다고 한다.
남 탓만 한다.

만약 당신이 마음의 문을 꼭 닫고 있다면
내일도 아니고 모레도 아닌
지금 바로 이 순간 활짝 열어보라.

그러면 타인들도 마음의 문을 열고
당신 가까이 다가오고 당신을 좋아할 것이다.

지금 바로 이 순간 마음의 문을
활짝 열겠다고 자신과 약속하라.

마음의 문을 너무 빨리 여는 이에게

마음의 문을 너무 열고 다니는 사람도 있고
마음의 문을 너무 닫고 다니는 사람도 있다.

마음의 문을 너무 빨리 여는 사람도 있고
너무 천천히 여는 사람도 있다.

누군가를 만날 때
마음의 문을 너무 빨리 열지 마라.
상대가 마음의 문을 열지 않거나
열었다가도 바로 닫는다면
마음에 상처를 입을 수 있기 때문이다.

마음의 문, 마음의 거리가
보이지 않지만 존재하는 것처럼
마음의 문을 여는 속도도
보이지 않지만 존재하고 있다.

마음의 거리

마음에 문이 있듯이
사람과 사람 사이에는
마음의 거리가 있다.

내가 마음의 문을 활짝 열었다고 해서
상대의 마음의 문을 강제로 열 수는 없다.
절대로 열리지 않는다.
강제로 열 때 문이 파손되듯
사람과의 관계도 삐꺽거린다.

상대가 마음의 문을 닫고 있다면
노크를 하고 잠깐 기다릴 일이다.
우리가 단지 할 수 있는 행동은
노크를 하는 것이다.

문을 여는 것도,
열지 않는 것도
마음의 주인인 그 사람에게 달려 있다.

문을 열고 나왔다 해도
상대가 주춤하며
저 멀리 떨어진 거리에 있다면
그 거리 역시 존중해줄 일이다.

너무 가까이 다가가면
그 사람은 '싫어요.' 하며 손사래를 칠 것이다.

그대여!
마음의 문이 있듯
마음의 거리가 있다는 사실을 잊지 마라.

성급하게 마음의 문을 열고
상대에게 달려가거나
상대의 마음의 문을 강제로 열려는 실수를
반복하지 마라.

마음그릇

마음그릇이 큰 사람도 있고
작은 사람도 있다.

마음그릇이 큰 사람은
쉽게 화내거나 슬퍼하지 않는다.
타인의 말이나 행동에 크게 영향 받지 않고
거친 말로 타인에게 상처 주지 않는다.

마음그릇이 작은 사람은
쉽게 짜증내고 슬퍼한다.
타인의 사소한 말이나 행동에도
마음이 쉽게 걸려 넘어지고
타인에게 언어의 독화살을 쏜다.

마음그릇이 작은 사람이 쏜 독화살은
이 사람, 저 사람 가슴에 날아가 박혀
그 가슴, 가슴을 피멍 들게 한다.

마음의 벽을 허물어보세요

당신은 진정한 친구를 찾을 수 없다고 한다.
아무도 못 믿겠다고 한다.

사람들 속에 있어도 외롭다고 한다.
항상 소외감을 느낀다고 한다.
많은 말을 쏟아내지만
돌아서면 공허하다고 한다.

그 외로움, 소외감, 공허함을
떨치기 위해
사람들을 찾아다니고
술을 마시고
방황한다고 한다.

방황의 끝에
답을 구하는 당신에게 하고 싶은 말은

"답은 당신 안에 있다.
마음의 벽을 허물어보라.
참마음이 나타나
지혜의 길로 이끌어주리라."

오늘은 당신을 위해 시를 쓴다

당신은 너무 부끄럽다고 한다.
부끄러워하는 마음을 누가 알까 봐 두렵다고 한다.

당신은 너무 수줍어한다고 한다.
수줍어서 빨개지는 너의 얼굴을
누가 볼까 봐 어디론가 숨고 싶다고 한다.

당신은 너무 남의 눈치를 본다고 한다.
눈치 보는 모습을 누군가 볼까 봐 걱정된다고 한다.

그런데 그것이 바로 당신의 매력이다.
사람들이 바로 그런 모습 때문에 당신을 좋아한다는 것을
당신은 알까?

그런 당신의 이름은
청춘!
오늘은 당신을 위해 시를 쓴다.
수줍어하는 청춘아!

위층에서 소리가 들리네

어느 날이었다.
위층에서 소리가 들리기 시작했다.
쿵쾅쿵쾅. 쿵쿵.
발자국 소리, 물건 옮기는 소리.
두런두런, 하하 호호.
말소리, 웃음소리.

무언가에 몰두할 때
기분이 좋을 때는 안 들리던 그 소리
마음이 어수선할 때는 더 크게 들리고
더 거슬리더라.

올라가서 한마디 해줄까?
천장을 막대기로 쾅쾅 쳐볼까?

조용히 찾아가서 알려줘 본다.
"당신처럼 소중한 생명이 아래층에도 살고
있어요."

이후에도 계속 들리는 위층 소리.

"아하!
살아 있는 모든 것은 소리를 내는구나.
그 소리들로 인해 나도 살아 있음을
느낄 수 있구나.

그 소리들이 들려서 무섭지 않구나."

시끄러운 당신.
감사합니다.

착한 사람과 잘난 척하는 사람

나보다 남을 먼저 생각하는 사람을
세 자로 '착하다'고 한다.

자신만 너무 내세우는 사람을
네 자로 '너 잘났다'고 한다.

전자가 후자보다는 대인관계를
잘하는 사람이라고 한다.

그 이유는 세상은 혼자 살아가는 것이
아니기 때문이다.

성격 좋은 사람

성격 좋은 사람은
타인을 칭찬한다.
타인의 자존심에 상처를 주지 않는다.

성격 좋은 사람은
늘 미소 짓는다.
화를 거의 내지 않는다.

성격 좋은 사람은
남을 헐뜯거나 비난하지 않는다.
힘들어하는 타인을 위로한다.

성격 좋은 사람은
자기만 생각하지 않는다.
타인의 생각을 존중해준다.

성격 좋은 사람은
남에게도 좋은 사람이지만
그보다 먼저 자기 자신에게 좋은 사람이다.

그러니 그대여!
남에게 좋은 사람이 되려 하기 전에
자기 자신에게 좋은 사람이 되는 것이
성격 좋은 사람이 되는 지름길임을 알라.

갑-갑 사고를 하라

세상에는 사람들을 분류하는 다양한 기준이 있지만 갑-을이라는 기준도 또 하나의 사람에 대한 분류다. 나에게 갑-을이라는 단어는 고등학교 시절 자취방을 계약한 이후부터 점차 익숙해지게 되었다. 월세계약서에 집주인을 갑으로, 나같이 방을 세 얻고자 하는 사람을 을로 명시한다는 것을 알게 되었다.

그 후 갑-을이란 단어를 다시 보게 된 것은 취업하여 근로계약서를 작성하게 되었을 때다. 학교에서나 가족들이 나에게 갑-을의 개념을 알려주었거나 내가 의도적으로 갑-을이란 단어를 검색해본 적은 없었다. 다만 경험을 통해 '갑을관계란 그런 거구나.' 하고 느꼈을 뿐이다. 지금 이 글을 쓰면서 국어사전에서 갑과 을을 검색해본다.

국어사전에 나오는 갑의 의미:

(1) 두 개 이상의 사물이 있을 때 그중 하나의 이름을 대신하여 이르는 말.

(2) 차례나 등급을 매길 때 첫째를 이르는 말.

국어사전에 나오는 을의 의미:

(1) 둘 이상의 사물이 있을 때 그중 하나를 가리키는 말.

(2) 차례나 등급을 매길 때 둘째를 이르는 말.

놀랍게도 국어사전에는 갑이 을보다 낫다거나 위라는 개념은 존재하지 않았다. 다만 두 개의 대상이 있을 때 그중 하나이거나 순서를 의미하는 정도의 개념으로 표현되어있었다. 나는 과거에 월세계약서나 근로계약서를 작성할 때의 경험을 통하여 무의식적으로 갑이 을보다 더 부자이거나 더 권한을 지닌 사람으로 여기고 있었다. 지금 이 순간까지도.

모르는 지식이 참 많다는 것을 깨닫는 순간이다.

성인이 되면서 가장 먼저 접하는 계약관계 서류가 월세계약서나 근로계약서일 것이다. 나처럼 다른 사람들도 경험을 통해서 갑과 을의 의미를 배우는 사람이 많을 것이다. 일상에서 접하는 모든 단어를 일일이 검색하는 사람이 몇이나 있겠는가? 갑과 을의 사전적 의미를 알고 있다고 해도 현실에서 건물주나 사업주를 갑이라고 칭하는 사실을 외면하기 어려울 것이다.

갑-을이란 단어는 대한민국 사회에서는 대부분의 사람이 수직관계를 의미하는 것으로 인식하고 있을 것이다. 언어사용에서도 아주 보편화되어있다. 예를 들면 이렇다.

"네, 사장님이 갑이시니까요. 건물주는 하느님 다음이라고 하죠. 제가 을이니까 참아야죠."

세를 살거나 직장을 다니는 경우는 쫓겨나지 않기 위해서 어느 정도 저자세를 취하고 참는 것이 지혜로운 대처일 수 있다. 그렇지만 일상의 모든 대인관계에서 갑-을이라는 이분법적 사고로 자신을 항상 갑으로 여기거나 혹은 을로 여기는 태도는 문제가 될 수 있다.

심리상담센터를 찾는 내담자들은 대부분 스스로를 갑이라기보다는 을로 여긴다. 쉽게 말해 자신을 타인과 비교하며 여러 면에서 못났다고 생각한다는 것이다. 이 '못났다.'라는 생각은 삶의 대부분 상황에서 열등감과 피해의식으로 작용하며, 심한 경우는 피해망상으로 발전한다. 즉 심리적 증상, 마음의 병이 되는 것이다.

그리고 을의 자세로 살면 마음의 병까지는 오지 않더라도 대인관계에 도움이 안 되고 사회생활에서도 불이익을 보는 경우가 많다. 대인관계에서 너무 착하게 행동하거나 할 말을 하지 않고 수동적인 행동을 하는 사람 중에 을의 사고를 하는 이가 많다. 많은 사람을 만나보니 그들이 인격적으로 성숙해서 타인에게 저자세를 취한다거나 말을 적게 하는 것은 아니라는 것을 알게 되었다. 을의 사고로 타인과 상호작용하면 의사결정이나 이해관계가 개입되는 경우 대부분 후순위로 밀린다. 쉽게 말해서 먹고 싶은 것, 가고 싶은 곳도 내 의사와는 다르게 결정되는 경우가 많은 탓에 불만과 피해의식이 증가된다. 직장 등 조직생활에서도 윗사람들은 대부분 자신에게 당당한 태도를 취하는 아랫사람들보다 저자세를 취하는 아랫사람들을 만만하게 보고 함부로 대하는 경향이 있다.

한편 스스로를 항상 '갑'으로 여기는 것도 문제가 될 수 있다. 이런 사람들은 자신이 남보다 뛰어나다고 생각한다. 다시 말해 자신을 타인과 비교하며 여러 면에서 잘났다고 생각하는 것이다. 이 '잘났다.'라는 생각은 삶의 대부분 상황에서 자만감과 특권의식으로 작용하며, 심한 경우는 과대망상으로 발전한다. 즉 심리적 증상, 마음의 병이 되는 것이다.

나는 스스로를 못났다고 생각하는 내담자에게 '갑-갑 사고'를 하라는 조언을 한다. 나도 갑, 상대도 갑이라는 생각을 하라는 것이다. 즉, 나와 상대를 대등한 관계로 여기라는 것이다.

나는 갑-갑 사고에 대한 조언을 들은 내담자들의 생각과 행동이 빠르게 변화되는 경우를 많이 봐왔다. '갑-갑 사고'라는 단어를 자신의 SNS에 올리는 내담자도 보았다.

나는 우리 사회의 구성원들이 '갑-을 논쟁'을 그만하고 '갑-갑 사고'를 지향했으면 한다. 사회 구성원 모두가 '나는 잘난 사람, 너는 못난 사람' 혹은 '나는 못난 사람, 너는 잘난 사람'이라는 이분법적 사고를 멈추고, '나도 괜찮은 사람, 당신도 괜찮은 사람(I'm good, other's good)'이라는 마음가짐을 가질 때 사회문제로 대두된 '갑-을 논쟁'은 자연스럽게 이 땅에서 사라질 것이다.

Healing Solution

• **갑–갑 사고를 위한 솔루션**

1단계: 내가 갑이라고 생각하는지 을이라고 생각하는지 자문한다. 내가 남보다 잘났다고 생각되는가, 못났다고 생각하고 있는가?

2단계: 내가 갑이라고 생각되면 타인에 대한 배려행동을 늘린다.

3단계: 내가 을이라고 생각되면 타인에 대한 주장행동을 늘린다.

4단계: '갑–갑 사고'라는 자기암시문을 자주 암송한다.

자신의 못난 점을 수용하라

심리상담센터에 오는 내담자들 중에는 누군가를 미워하는 마음 때문에 괴롭다고 호소하는 사람이 의외로 많다. 누군가를 미워하면 그 마음이 상대에게 안 좋은 영향을 준다고 생각할지 모르지만 실제로는 자기 자신이 더 힘들다.

사람들은 대부분 누군가를 미워하는 마음이 생기면 상대의 태도나 행동, 성격 때문이라고 생각한다. 상대가 '말이 많아서, 못생겨서, 뚱뚱해서, 덜렁거려서, 게을러서, 머리 나빠서'라고 원인을 외부로 돌린다. 그래서 미워하는 마음을 다스리기가 상당히 어려운 것이다. 원인이 나의 통제범위를 벗어난 외부에 있다고 생각하기 때문에 괴로울 수밖에 없다.

살다 보면 학교나 모임, 직장 등 어느 조직에서나 미운 사람이 한 명은 있기 마련이다. 이런 경우 '왜 내가 속해 있는 곳에는 항상 이런 사람이 있을까?' 생각하기 쉽다. 그러나 다른 이들은 그 사람이 미운 줄 모르겠다고 한다. 다시 말해, 나만 그 사람이 미운 것이다. 그렇다면 원인은 그 사람에게 있는 것이 아니라 내 마음속에 있다고 볼 수 있다. 따라서 원인을 외부에서 찾으면 절대 문제를 해결할 수 없다.

나에게 콤플렉스가 있는데 누군가가 그 콤플렉스와 관련된 행동을 하면 그가 미워진다. 예를 들어, 내가 말이 많다고 하자. 평소에 그 부분에 대해 콤플렉스를 느끼고 있었다면 자기 앞에서 말을 많이 하는 사람이 괜히 미운 법이다. 또한, 자신이 여자(남자)인 게 싫은 사람들은 여자(남자)를 미워한다. 나에게 감추고 싶고, 인정하고 싶지 않은 단점이 있는데 어떤 사람이 그 부분을 내보이면 그가 정말 싫은 것이다.

이를 정신분석에서는 심리적 방어기제로 '투사(Projection)'라고 한다. 자신의 단점을 수용하지 못하고, 자신을 있는 그대로 받아들이지 못하는 사람은 자신을 미워할 뿐만 아니라 남도 미워하게 된다.

얼마 전 30대 중반의 여성이 내방하였다. 그분은 심리상담을 시작하자 이렇게 말했다.

"제가 저를 아동 학대죄로 신고하고 싶어요."

그분은 자신에게 다섯 살짜리와 세 살짜리 딸이 있다며, 이상하게도 이유 없이 다섯 살짜리 첫째 딸만 밉다고 했다. 너무 미워서 아이를 꼬집고, 밀치고, 심지어는 때리기까지 했다고 한다. 그러고 나서 '내가 미친 거 아닌가?' 하는 생각이 들어 나를 찾아왔다고 했다.

"다섯 살짜리 첫째 딸아이의 성격이 어떻습니까?"

나는 물었다.

"고집불통에다 기가 셉니다."

그분이 고개를 절레절레 흔들며 대답했다.

"어머니 성격은 어떻습니까?"

"네? …아, 그러고 보니 저도 고집스럽고 기가 세네요."

"그럼 둘째 딸 성격은 어떻습니까?"

"둘째 딸은 순해요."

"그 아이와의 사이는 어떻습니까?"

"좋아요."

"남편 성격은 어떻습니까?"

"남편도 둘째 딸처럼 순해요."

"남편과의 사이는 어떻습니까?"

"좋아요."

그녀는 잠깐 말을 멈추고 무언가를 생각하는 눈치였다.

나는 그때 다음과 같이 말했다.

"아시겠지요? 스스로 자신을 수용하고 사랑하고 있는지 생각해보세요."

그러자 그 여성은 다음과 같이 말하였다.

"사실 저는 열등감이 많습니다. 특히 고집스럽고 기가 센 것에 대해 콤플렉스가 많아요. 아무래도 저는 자존감이 좀 낮은 것 같습니다."

나는 그분에게 집에 가서 한 주 동안 첫째 딸의 행동을 잘 지켜보라고 말하고 심리상담을 마쳤다.

다음 주 같은 요일에 나를 찾아온 그분은 한층 밝아진 얼굴로 말했다.

"선생님, 첫째 딸아이가 저를 너무 닮았고, 그래서 제가 첫째 딸을 미워했다는 걸 알았어요. 지난주에는 한 번도 첫째 딸을 혼내지 않았습니다. 신경질도 내지 않았어요. 이제 첫째 딸아이와의 사이가 좋아졌어요."

이렇듯 미워하는 마음은 나의 단점을 미워하는 것이고, 결국 나를 미워하는 것과 같다. 나의 단점까지 수용할 수 있다면 타인에게서 나의 단점을 발견하고, 그 사람을 미워하는 무의식적인 행동은 감소할 것이다.

Healing Solution

• **미워하는 마음을 없애기 위한 솔루션**

1단계: 상대의 어떤 점 때문에 상대가 미운지 관찰한다.

2단계: 나에게도 상대가 가진 점이 있는지 점검한다.

3단계: 나의 단점도 수용해본다.

Healing Tip

• **미워하는 마음을 다스리기 위한 자애 명상**

먼저 미워하는 사람의 얼굴을 떠올려본다.

그리고 다음과 같이 마음속으로 중얼거려본다.

이 사람도 나와 똑같이 자기 삶에서 행복을 찾고 있다.
이 사람도 나와 똑같이 자기 삶에서 고통을 피하려 하고 있다.
이 사람도 나와 똑같이 슬픔과 외로움, 절망을 겪어 알고 있다.
이 사람도 나와 똑같이 자기의 욕구를 충족시키려 하고 있다.
이 사람도 나와 똑같이 삶에 대해 배우고 있다.
미워하는 그 사람이 욕심에서 벗어나기를
미워하는 그 사람이 화냄에서 벗어나기를
미워하는 그 사람이 고통에서 벗어나기를
미워하는 그 사람이 편안하고 행복하기를

타인이 무시한다는 생각은 열등감에서 비롯된다

나는 수많은 내담자를 심리상담한 결과 심한 분노는 남들이 나를 무시한다는 생각에서 비롯된 경우가 많다는 것을 알게 되었다. '묻지마' 폭행도 대부분 '무시당했다'는 주관적 생각에서 비롯된다. 이와 관련된 뉴스 기사는 흔히 볼 수 있다. 폭행을 한 가해자들은 대부분 '상대방이 나를 무시하듯이 쳐다봐서' 또는 '부모가 취업을 못 한다고 무시해서', '배우자가 무시하는 언행을 보여서'라고 그 원인을 진술했다. 보복성 운전을 한 사람들도 '상대 차량이 나를 무시하듯이 추월해서'라고 진술하는 경우가 많았다. 운전을 비롯한 일상생활에 있어서 무시한다는 생각이 사회에 미치는 부정적 파장이 크다고 할 수 있다.

무시당한다는 생각은 역으로 무시당하고 싶지 않음을 반영한다. 무시당하고 싶지 않을수록 더욱 무시당한다는 생각에 사로잡히게 된다. 누구에게나 자기 자신은 소중하다. 사람은 모두 자존심을 지키고 싶어한다. 무시를 당해도 괜찮다고 생각하는 사람은 없는 것이다. 그래서 상대가 약간이라도 자신을 무시하는 언행을 보이면 바로 반격하면서 싸움이 시작된다. 그러니 상대를 무시하면 안 되는 것이다. 겉으로는 웃으면서 가시 돋친 말을 하는 사람이 있다. 이런 경우에도 상대는 귀신같이 그 사람이 자신을 무시하는 것을 알아차린다.

부부간의 사소한 다툼을 비롯한 분노 표출도 배우자가 나를 무시한다는 생각에서 비롯된다. 열애 끝에 결혼한 사람들은 대부분 세상 사람 모두에게 무시당해도 나를 사랑하는 한 사람만은 자신을 소중하게 대해주고 사랑해줬으면 한다. 그만큼 배우자에 대한 기대치가 크다. 그래서 개와 고양이처럼 흔하게 싸움을 하는지도 모른다. 사소한 언행으로 인한 다툼이 번져 결국 이혼으로 가는 경우도 많다.

그런데 '무시당한다는 생각'에는 두 가지 경우가 있다. 첫째, 실제로 상대방이 자신을 무시하는 경우와 둘째, 무시하지 않았는데도 무시했다고 오해하는 경우다.

실제로 무시하는 경우는 무시당하지 않도록 말이나 행동 등을 바꾸고 자기계발을 통해 부족한 능력을 키워야 한다. 부단히 노력해서 능력을 갖추어야 자신감이 생기고, 사람들에게 무시당하지 않게 된다. 아무 노력도 안 하면서 상대방이 존중해주기를 바라는 것은 잘못된 생각이다. 일단 자신부터 무능력한 자신을 스스로 존중할 수 없기 때문이다.

무시한다고 오해하는 경우는 그 생각을 바꿔야 한다. 사람들은 자신이 생각하는 것보다 능력 있는 사람일 수 있다. 사람들을 만나면서 알게 된 사실인데 남들이 생각하는 것보다 자신을 과소평가하는 경우가 무척 많았다.

자신이 주변 사람들에게 필요 이상으로 자주 짜증을 내고 분노를 표출하고 있다면 혹시 상대방이 나를 무시한다는 생각을 많이 하고 있는 것은 아닌지 자문해볼 필요가 있다.

Healing Solution

- **무시한다는 생각에서 벗어나기 위한 솔루션**

1단계: 타인이 나를 무시한다는 생각을 많이 하고 있는 것은 아닌지 자문해본다.

2단계: 무시한다는 생각이 사실이 아니라면 잘못된 생각을 바꾼다.

3단계: 무시하는 것이 사실이라면 자신의 자원을 개발해서 무시당하지 않는 사람이 되도록 한다.

대인관계의 첫 시작, 안녕하세요?

대인관계가 원만하지 않은 사람들 중에서 어떤 이들은 타인에게 소극적으로 다가가고, 타인이 자신에게 다가와주기를 바라는 경향이 있다. 표현력이 부족한 것도 아니고 타인의 감정을 잘 이해하지 못하는 것도 아닌데 대인관계를 잘하지 못한다면 그 원인이 적극적이지 못한 마음에 있을 수 있다.

의외로 많은 사람이 타인에게 사랑받지 못할까 봐, 호감을 얻지 못할까 봐 두려워한다. 대인관계를 잘하고 싶다면 먼저 두려움을 버리고 용기를 내서 자기 자신부터 마음의 문을 열고, 다정하게 미소를 지으며 타인의 마음을 노크해보라. 그러면 상대도 미소를 지으며 당신에게 마음의 문을 열 것이다.

Healing Solution

- **대인관계를 잘하기 위한 솔루션**

  1단계: 마음을 연다.

  2단계: 용기를 내어 "안녕하세요?"라고 먼저 인사한다.

  3단계: 두 가지 경우로 나뉜다.

* 상대도 “안녕하세요?”라고 응답하는 경우

3-1단계: 가벼운 주제부터 대화를 시작한다.

예) 날씨, 계절, 식사 여부

3-2단계: 지식과 정보를 공유한다.

예) 맛집 정보, 영화, 미용실 이야기, 스포츠 이야기 등

3-3단계: 사적인 내용을 공유한다.

예) 고향, 출신 학교, 결혼 여부, 주거지, 종교 등

3-4단계: 감정을 공유한다.

예) 상사가 혼낸 이야기, 배우자와 싸운 이야기 등

* 상대가 대꾸를 하지 않는 경우

그 사람에게 큰 관심을 두지 않고 다른 대화상대를 찾는다. 그는 나와 친하고 싶어하지 않으므로 그 의견을 존중한다.

4단계: 공식적인 관계에서는 기본적으로 3-2단계까지는 소통한다. 3-2단계까지 진행해서 좀 더 그 사람과 친해지고 싶다면 사적 정보를 공개하기 시작한다. 상대와 대화가 통해서 더 친해지기를 원하면 감정도 소통한다.

여기에서 주의할 점은 별로 친하지 않거나 처음 본 상대인 경우 바로 3-4 감정공유 단계로 넘어가지 않고 순서대로 따라야 한다는 것이다.

4단계는 정말 친하고 싶은 사람과 진행한다.

5단계: 척추를 세우고 고개를 들고 두 눈으로 상대를 바라본다.
상대를 바로 볼 때는 눈을 똑바로 응시하지 말고 얼굴을 전체적으로 본다.
너무 똑바로 보면 상대가 부담스러워한다. 시선불안을 극복하는 방법도 된다.

6단계: 두 귀를 쫑긋 세우고 경청한다.

7단계: 용기를 내어 자신의 생각과 감정을 표현한다.

우린 둘 다 호랑이처럼 보이는 고양이일 뿐

세상에는 두 부류의 사람이 살고 있다. 바로 용기 있는 사람과 두려워하는 사람이다. 우리 사회의 경우 용기있는 사람보다 두려워하는 사람이 좀 더 많을 가능성이 있다. 미국 정신의학협회(American Psychiatric Association)가 발행하는 『DSM-5(정신장애의 진단 및 통계편람)』에 의하면 한국 사람들에게 가장 많은 성격은 회피형 성격(avoidant personality)이라고 한다. 회피형 성격과 연관된 심리적 증상은 사회불안증, 즉 사회공포증(Social Phobia)이다. 한국 사회에서 『미움받을 용기』라는 책이 베스트셀러가 된 이유도 여기에 있다. 책의 주요 주제는 '지나치게 타인의 사랑과 인정을 받으려고 하지 말라, 너무 남의 눈치를 보지 말라'는 것이다.

회피형 성격을 지닌 사람을 한마디로 규정하면 '눈치를 너무 많이 보는 사람'이다. 이러한 성격을 지닌 상태에서 어떤 계기가 생기면 사회공포증으로 발전하게 된다. 사회공포증이란 단어가 연상시키는 대로 사람 자체를 두려워한다는 의미로 받아들일 수도 있다. 하지만 그런 의미는 아니다. 사람과의 상호작용을 어색해하고 나아가 두려워하며 회피하는 증상으로 요즘은 사회불안증(Social anxiety disorder)라고 칭한다. 사회적 상호작용에서 눈치를 많이 보다가 불안이 심해져 적응의 어려움을 겪으면서 심리적 문제가 되는 것이다. 내가 내담자나 교육생 등 수만 명의 사람을 만나보니 이 회피형 성격을 지닌 사람이 상당히 많은 듯했다. 관련된 사회불안증도 역시 많은 것 같다. 아이부터 성인까지 심리상담의 주요문제는 대인관계 문제였으며, 몇 년 전 뉴스 기사에서도 대학생의 고민 1위가 대인관계라고 기사화되는 것을 본 적이 있다.

나는 얼마 전 20대 중반의 친구 사이인 대학생 두 명을 비슷한 시기에 심리상담한 적이 있다. 한 사람은 수줍어하고 내향적이어서 대인관계를 잘하지 못할 것 같았다. 다른 한 사람은 겉으로 보기에 굉장히 활발하고 외향적이어서 대인관계를 잘할 것 같았다. 내향적인 대학생이 먼저 심리상담을 받고 성격문제가 개선되어 다른 대학생 동기를 소개한 사례였다.

두 사람과의 심리상담이 종결된 뒤 나는 놀라움을 느끼지 않을 수 없었다. 그들의 외면의 모습은 수줍음과 활발함이라는 이미지로 서로 달랐지만 심리상담에서 호소하는 주제는 닮아있었다. 수줍어하고 소극적인 대학생이 대인관계 상황에서 눈치를 보면서 할 말도 제대로 못 하여 내면의 갈등을 겪고 있었다면, 겉으로 활발하고 적극적인 것처럼 보였던 대학생 역시 친구들과 함께 있을 때는 농담을 하면서 웃고 떠들어도 집에 돌아와서는 '아까 내가 한 말을 친구들은 어떻게 생각할까, 이런 말은 하지 않았어야 하는 것 아닌가?' 반추하며 고민하는 등 내면의 갈등을 겪고 있었던 것이다.

왜 그럴까? 이는 우리나라에 만연한 눈치 보는 문화, 참는 문화, 즉 회피형 성격에서 기인하는 것이다. 회피형 성격은 어떤 상황에서 '하자'라는 용기와 '하지 말자'라는 두려움이 교차할 때 '하지 말자'는 두려움을 선택한 순간들이 쌓여서 습관화되어 형성되는 것으로 본다. 즉, 우리 사회는 용기와 두려움이 교차할 때 두려움을 선택하는 사람이 많다는 것이다.

당신이 회피형 성격의 소유자인지 아닌지 하단의 Healing Tip에 첨부된 『DSM-5』에 근거하여 확인해보라.

진단기준에 4가지 이상 해당된다면 심리상담받는 것을 고려해보아야 한다. 그중 하나라도 자신이 속하는 항목이 있다면 자기치유의 노력이 필요하다. 자기치유의 노력에서 가장 먼저 선행되어야 할 점은 자신의 성격을 수용하는 것이다.

사람에게는 타고난 기질이라는 것이 있는데, 타인과 비교하며 자신이 가진 좋은 점을 평가절하 하는 태도는 지양해야 한다. 자신의 기질은 수용한 상태에서 주관적으로 고통스럽거나 적응에 도움이 되지 않은 점을 하나씩 개선하는 태도가 필요하다.

"나는 당신을 호랑이라 생각하며 무서워한다.
당신도 나를 호랑이로 생각하며 무서워한다. 두려워하지 마라.
우린 둘 다 호랑이처럼 보이는 고양이일 뿐."

Healing Solution

• 눈치 보지 않고 당당하게 살아가기 위한 솔루션

1단계: 용기와 두려움 중에서 용기를 선택한다.

2단계: 타인과의 비교를 멈춘다.

3단계: 자신의 좋은 점을 찾아본다.

4단계: 고개를 들고 시선을 외부로 향한다.

5단계: '타인이 나를 본다'는 생각에서 벗어나 '내가 본다'라고 생각한다.

6단계: 좀 더 표현하고 좀 더 실천해본다.

Healing Tip _ 『DSM; Diagnostic and Statistical Manual of Mental Disorders』

세계적으로 가장 많은 임상가와 연구자가 사용하고 있는 『DSM』은 심리적 증상 위주로 정신장애의 분류체계와 진단기준을 제시하고 있다. 1952년 『DSM-I』이 처음 발행된 이후 여러 차례의 개정 과정을 거쳐 2013년에 『DSM-5』가 발행되었다.

Healing Tip _ 회피형 성격장애(Avoidant Personality Disorder)

사회관계의 억제, 부적절감, 그리고 부정적 평가에 대한 예민함이

광범위한 일상으로 나타난다. 청년기에 시작되며 여러 상황에서, 다음 중 4가지 이상으로 나타난다.

1. 비판이나 거절을 당할까 봐, 인정받지 못할까 봐 의미 있는 대인 접촉을 회피하거나 직업적 활동을 회피함
2. 자신을 좋아한다는 확신 없이는 사람들과 관계하는 것을 피함
3. 수치를 당하거나 놀림 받음에 대한 두려움 때문에 최소한의 대인관계를 형성함
4. 사회적 상황에서 비판의 대상이 되거나 거절되는 것에 대해 집착함
5. 부적절감으로 인해 새로운 대인관계 상황에서 제한됨
6. 자신을 사회적으로 부적절하게, 개인적으로 매력이 없는, 다른 사람에 비해 열등한 사람으로 바라봄
7. 당황스러움이 드러날까 염려하여 어떤 새로운 일에 관여하는 것 혹은 개인적인 위험을 감수하는 것을 드물게, 마지못해서 함

착한 사람도 악한 사람도 아닌 편안한 사람이 돼라

세상에는 착한 사람과 악한 사람이라는 분류도 존재한다. 착한 사람이라는 말은 자신의 이익보다 타인의 이익을 우선시하는 경우에 주로 듣게 된다. 악한 사람이라는 말은 법을 어기고 범죄행위를 한 사람의 경우에 듣게 된다. 그 전 단계는 이기적인 사람이 위치한다. 이기적인 사람이라는 말은 타인의 이익보다 자신의 이익을 먼저 챙길 때 듣게 된다.

성장과정에서 어른에게 가장 많이 듣게 되는 소리는 "착한 어린이가 돼라."라는 말일 것이다. 어느 부모가 자신의 자녀가 악한 사람이 되기를 바라겠는가? 그리고 사실 자녀가 착하면 부모 입장에서는 말을 잘 들으니 손이 별로 안 가는, 키우기 편한 자식인 것이다.

그래서 우리는 착한 사람으로 길러진다. 이 착하다는 것은 아동기나 청소년기에는 사회 적응에 도움이 되는 경우가 많다. 자신의 이익을 챙기려고 무언가를 크게 주장할 일도 거의 없고, 말 잘 듣고 착하게 행동하면 부모와 선생님이 칭찬하면서 좋아하기 때문에 집에서도 학교에서도 큰 어려움이 없다. 친구들이 좀 만만하게 본다고 해도 어른이라는 내 편이 존재하지 않는가?

착한 사람이란 자신의 자아개념이 부적응적 증상으로 출현하는 시기는 청년기부터다. 삶이 생존을 위해 경쟁하는 정글 같다는 느낌도 이때부터

받게 된다. 이제 어른들도 착하다고 해서 무조건 나를 봐주지 않는다. 어른 대 어른의 수평관계가 되었기 때문이다. 동기들과 선후배는 착하다고 만만하게 보고 과제나 일을 나에게 더 많이 떠넘기기 시작한다. 불합리하고 억울한 일들을 자주 겪게 된다. 피해의식에 사로잡히게 되고 무엇인가 자신의 태도가 잘못되었나 자문하기 시작한다. 여러 번 인간관계에서 불쾌한 경험을 한 후에 자신이 착한 사람 콤플렉스가 있다고 자각하게 된다. 이때 더욱 갈등이 가중된다. 이기적이고 악한 사람이라는 자아개념보다 그래도 여전히 착한 사람이란 칭송이 주는 매력을 거부하기 어렵기 때문이다.

'착한 사람도 싫지만 이기적인 사람이나 악한 사람이 되기는 더더욱 싫은데 어쩌지?'

두 가지 마음이 충돌하면서 이러지도 못하고 저러지도 못하니 생각이 많아진다. 마음이 무거워지고 몸도 무거워진다. 우울증 증상도 시작된다. 이때 심리상담센터를 찾게 되는 경우가 많다.

나는 착한 사람 콤플렉스로 괴로워하는 사람이 오면 그에게 심리상담의 목표를 '편안한 사람이 되자.'로 하는 건 어떠냐고 제안한다. 편안한 사람은 착한 척하는 사람과 다르다.

내가 말하는 편안한 사람이란 자기주장 행동과 타인 배려 행동의 균형을 이룬 사람이다. 내 마음이 그렇다면 "예."라고 하고, 내 마음이 아니라면 "아니요."라고 하는 사람이다. 친구가 짜장면을 좋아한다고 해서 그 친구와 함께 중국음식점에 갈 때마다 항상 짜장면을 선택하는 것이 아니라 우동이 먹고 싶다면 "오늘은 우동이 어때?"라고 그 친구에게 제안할 수 있는 사람이다. 내 마음을 솔직하게 표현하고 가식적으로 행동하지 않는 사람이다. 배가 고프면 고프다고 하고, 배가 부르면 부르다고 하는 사람이다. 식사를 안 했으면서도 타인을 생각해서 했다고 하고 식사를 했으면서도 타인을 생각해서 안 했다고 말하지 않는 사람이다.

이러한 몇 가지 조언으로 오래된 성격이 바뀌면 얼마나 좋겠는가?

정리하면 내가 말하는 편안한 사람이란 본성을 알아차린 사람이다. 그 길이 쉽지만은 않다고 해도 지금 말 한마디, 행동 한 가지를 바꾸어가면서 좀 더 성숙한 사람으로 나아가보자. 20~30대에 고치지 않는다면 100세를 산다고 할 때 7~80년간 괴로울 수 있기 때문이다.

Healing Solution

- **편안한 사람이 되기 위한 솔루션**

1단계: 착한 사람이라는 말을 많이 듣고 사는지 점검한다.

2단계: 척하는 삶을 살고 있지 않는지 자각한다.

3단계: 자신의 생각과 감정을 솔직하게 표현하는 연습을 한다.

척하지 마라. 마음에 병이 온다

대인관계를 함에 있어 첫 번째 유형은 자신의 생각과 감정을 잘 표현하고 경청도 잘하는 사람들이다.

두 번째 유형은 자기주장과 표현을 너무 많이 하는 사람들이다. 그 대신 남의 말을 거의 듣지 않는다.

세 번째 유형은 자신의 생각과 감정을 있는 그대로 표현하지 못하는 사람들이다. 그 대신 남의 말을 어느 정도 경청할 줄 안다.

네 번째 유형은 자신의 생각을 표현하지도, 타인의 말을 경청하지도 못하는 사람들이다.

나는 20대 시절에 나름대로 내 마음을 솔직하게 표현한다고 생각하고 살았다. 그러다 대학교 2학년 때 전환장애 증상이 오면서 내가 피상적으로 내 마음을 표현할 뿐 솔직하게 내 생각과 감정을 표현하지 못하는, 세 번째 유형에 속하는 사람임을 알게 되었다. 매사에 척하는 마음으로 살았던 것이다. 말하자면 우아한 척, 고상한 척, 부자인 척, 지식이 많은 척, 똑똑한 척을 하며 지냈다. 척하는 만큼 열등감이 많았던 것이리라.

내가 대학을 다니던 20대 때 마음속에 그렸던 이상적인 자아상은 진선미를 갖춘 사람이었다. '진'이라는 가치관을 지향하기 위해 도서관을 다니며 지식을 추구했고, '선'이라는 가치관을 지향하기 위해 착하게 행동했다.

'미'라는 가치관을 지향하기 위해 외모를 과장해서 꾸몄다. 거기다가 음악은 클래식만을 고집했다. 좀 멋있어 보여야 했기 때문이다. 지금 생각하면 헛웃음만 나올 뿐이다.

상상해보라.

고상해보이는 검은 모자를 쓰고, 우아하게 보이는 귀족풍의 롱 드레스를 걸치고, 니체의 『짜라투스트라는 이렇게 말했다』라는 책을 옆구리에 폼이 나게 끼고 다니는 여대생의 모습을. 사실 그때는 니체가 쓴 책의 내용도 잘 이해되지 않았다.

그런 데다 '마이마이'(당시 유행했던 휴대용 카세트테이프 플레이어)의 이어폰을 귀에 꽂고 슈베르트의 「죽음과 소녀」를 즐겨 들었다.

이 묘사는 과장인 것 같지만 사실이다.

젊음의 치기라는 것은 어느 누구도 뜯어말릴 수 없다. 그 엉뚱하고 기묘한 행동 속에 자신만의 주관적 세계가 펼쳐지고 있는 것이다.

내가 심리상담을 받아보는 게 좋을 것 같다고 교수님이나 선배들이 나에게 심리상담을 받아보기를 권유하기도 하는 날들이었다. 하지만 나는 내가 심리상담을 받을 정도로 심리적 문제가 있다고 생각하지 못했다. 나의 마음 프로그램에서는 최선의 선택이었고, 그러한 마음 프로그램이 작동하는 한 나에게는 너무나도 정상적인 행동이었기 때문이었다. 조현병을 앓는 사람의 마음 프로그램과 그를 대하는 사람들의 자세도 아마 나의 경우와 비슷할 것이다. 조현병도 자신에게는 삶을 살아가는 최선의 선택일 수 있다. 타인의 눈에 이상하게 보이지만 자신에게는 지극히 자연스러운 것일 수 있다.

나는 눈이 안개 낀 것처럼 뿌옇게 보이는 전환(conversion) 증상을 경험하고 나서야 문제를 인식하고 자기치유를 시작했고, 오늘날까지 계속하고 있다. 마음과 관련된 책들을 탐독하면서, 종교 활동(증산도, 기독교, 불교)이나 명상(아유르베다, 라자요가, 마음수련, 단월드, 마음챙김 명상)을 하기도 하였다. 그 첫 시작은 인도의 철학자 오쇼 라즈니쉬의 강의를 류시화 시인이 번역해서 펴낸 책 『장자, 도를 말하다』를 읽으면서부터였다. 책의 주요 주제는 '자연스럽게 본성대로 살아가라.'는 것이었는데 같은 주제가 책 전체에 표현을 바꾸어서 계속 반복된다. 그것이 나에게는 최면적 암시로 작용했다. 책을 다 읽고 책장을 덮을 무렵 안개처럼 뿌옇게 보이던 시야가 점차 밝아지기 시작했다.

나는 심리학 공부를 지속하면서 개인적으로 마음공부도 계속했다. 마음공부를 통해 '척'하는 것이 가식임을 깨닫고, 사람들을 진실하게 대하기 시작했다. 그러자 점차 사람들도 나를 진실하게 대했다. 어느 순간부터인가는 사람들이 나를 좋아한다는 것이 느껴졌고, 대인관계도 원만해지고 마음도 불안에서 벗어나 점차 편안해지기 시작했다. 사람들과의 만남이 불안이 거의 없는 완전한 자연스러움의 단계에까지 도달했다. 또한, 만나는 그 순간에 집중하고 헤어지면 반추하지 않는 인간관계까지 가능하게 되었다. 그런 인간관계를 심리상담에서는 '참만남의 인간관계'라고 한다. 심리상담에서는 '여기-지금(Here&Now)'에 머무는 삶을 이상적으로 여기고 있는데, 그러한 삶까지 가능하게 된 것이다. 그렇기에 매일 마음이 힘든 내담자를 만나서 심리상담하는 일이 가능한 것이리라.

대인관계를 잘하는 가장 이상적인 유형은 하단의 Healing Tip '조하리의 창' 네 가지 중 첫 번째다. 내 마음을 잘 표현하고 남의 말을 잘 듣는 참만남의 대인관계, 진실한 대인관계를 심리상담에서는 이상적인 대인관계로 본다.

자신의 대인관계에 문제가 있다는 생각이 든다면 '조하리의 창' 네 가지 중에서 자신이 어떤 유형에 속하는지 알아보고, 단점이 있다면 보완해 나가야 한다.

두 번째 맹인 영역이 넓은 사람의 경우, 자신이 너무 말이 많다고 생각되면 남의 말을 경청해야 한다. 너무 자신에 대해 많은 표현을 하다 보면 자아도취에 빠지게 되며, 양극성 장애로 발전할 수 있다.

세 번째 은폐 영역이 넓은 사람의 경우, 자신이 너무 남의 말을 듣기만 하는 것 같다면 표현을 해야 한다. 너무 표현을 하지 않으면 우울증이나 불안증으로 발전할 수 있다.

네 번째 미지 영역이 넓은 사람의 경우, 말수도 적고 남의 말을 잘 듣지도 않는다면 언어적 표현과 경청을 모두 늘려야 한다. 표현과 경청을 둘 다 거의 하지 않는다면 조현병이나 망상장애로 발전할 수 있다. 호수에 비유하자면, 호수의 물이 악취를 풍기며 검게 썩는 것과 같다.

2007년 4월 16일 버지니아 공대에서 총기난사 사건을 일으켰던 한국계 미국인 조승희나 2017년 10월 1일 라스베이거스에서 총격 참사를 일으킨 스티븐 패독이 이러한 미지 영역이 넓은 사람에 해당할 것이다.

Healing Tip: 조하리의 창(Johari's window)

미국의 심리학자 조셉 러프트(Joseph Luft)와 해리 잉햄(Harry Ing-ham)이 1955년에 한 논문에서 소개한 것으로 두 사람의 이름을 합쳐서 만든 용어다.

대인관계에 있어서 내가 어떤 성향을 가지고 있고, 타인에게 어떻게 보이는지를 파악할 수 있는 '조하리의 창'은 크게 4가지로 이뤄진다.

첫 번째, 나도 알고 타인도 아는 '개방 영역'
두 번째, 나는 모르지만 타인은 아는 '맹인 영역'
세 번째, 나는 알지만 타인은 모르는 '은폐 영역'
네 번째, 나도 모르고 타인도 모르는 '미지 영역'

구 분	내가 안다	내가 모른다
타인이 안다	개방 영역 (Open Area)	보이지 않는 창 (blind-self)
타인이 모른다	숨겨진 창 (hidden-self)	미지 영역 (Unknown Area)

첫 번째 개방 영역은 자신의 사고, 감정 및 행동이 자신은 물론 타인에게도 알려진 영역이다.

두 번째 맹인 영역은 자신은 사고, 감정 및 행동이 타인에게는 알려져 있으나 정작 자기 자신은 깨닫지 못하는 영역에 해당한다.

세 번째 은폐 영역은 자신의 사고, 감정 및 행동에 대해 자신은 잘 알고 있으나 타인은 알지 못하는 영역에 해당한다.

네 번째 미지 영역은 자신의 사고, 감정 및 행동을 자신은 물론 타인 또한 잘 알지 못하는 영역에 해당한다.

Part 3
생 존

Self Healing Book

Healing Poem

직장생활을 잘하는 방법

첫째, 상사가 나에게 일을 시킨다.
둘째, 상사가 나에게 일을 잘못했다는 지적을 한다.

첫째 상황에 대한 답은
"예, 알겠습니다."
둘째 상황에 대한 답은
"잘못했습니다. 다시 해보겠습니다."

이 두 대답을 적절히 활용할 수 있다면
당신도 직장이라는 정글에서 살아남을 수 있다.

생존에 대하여

사막이다.
가도 가도 끝이 없는 사막이다.

사막이다.
삶이라는 사막이다.
바람이 분다.
눈을 따갑게 하는 모래바람이다.

달려가본다.
엎드려본다.
무릎 꿇고 기도해본다.
모래바람을 멈추게 해달라고.
너를 만나게 해달라고.

사막이다.
발이 푹푹 빠지는 사막이다.
배도 고프고 마음도 고픈 사막이다.

사막이다.
생존의 고뇌가 멈추지 않는 사막이다.

생존의 고뇌로 이 삶이 끝나기 전에
제발 나타나 주지 않겠니?

나를 닮은 너여!

길을 묻는 그대에게

그대는 길을 묻는다.
어느 길로 가야 할지
무엇을 해야 좋을지 묻는다.

그러면서 미래가 걱정된다고 한다.
아무것도 잘하는 게 없다고 한다.
아무런 장점도 없는 것 같다고 한다.

그런데 그대는 남보다 오랫동안
관심을 가져왔던 것이 있다.
또한 남들보다 잘하는 것이 한두 가지 있다.
최근에도 자주 하는 것이 있다.

바로 그것이 그대가 가야 할 길,
그대가 이번 생에서 해야 할 일,
그대의 삶의 조건임을 알라.

길을 묻는 그대여!

시작을 두려워하는 당신에게

당신은 묻는다.

"잘 될까요?"
"위험하지 않을까요?"
"손해 보지 않을까요?"
"잘못되면 어떻게 하죠?"
"저는 안 될 수도 있잖아요?"

당신은 온갖 질문을 던진다.
그리고 도전하지 않는 이유를 댄다.

당신이 시작을 두려워하는 이유를 잘 안다.

한때 위험한 일을 경험했던 당신은
인생이라는 정글에서
자신을 안전하게 지키고 싶어한다.

시작이 두려울 때
결단을 내리는 간단한 방법이 있다.

그 일이 주는 이익과 손실을 따져보라.
큰 손해가 없을 것 같다면 일단 도전해보라.

도전을 해서 작은 손해를 입었다 할지라도
경험, 용기 등 마음의 재산은 늘어났으리라.

그대여
시작이 두려울 때는 자신에게 말하라.
"큰 손해 볼 것 같지 않으니 일단 해보자."

그러한 작은 결단이 모인
미래의 어느 날,
당신은 성공한 자신을 보리라.

그리고 하나의 성공은
또 다른 성공을 부른다.

경쟁의식에 사로잡힌 당신에게

당신은 어렸을 때부터
누군가를 이기고 싶다고 했다.

친구들보다 키도 커야 했고
맛있는 음식, 멋진 장난감도 많아야 했다
공부도 잘해야 했다.
심지어 미끄럼틀조차 남들보다 먼저 타야 했다.

이기려는 욕심, 잘하려는 욕심이
마음속에 가득 차버리게 되었다.

음식은 무슨 맛인지 잘 알 수 없었다.
놀이도 진정 즐겁지 않았다.
잘하고자 했던 공부는 오히려 잘 못하게 되었다.

무엇을 해도 기쁘지 않았고
하는 일도 잘 풀리지 않았다.
결국 불안에 시달리게 되어버린 당신!
이기려는 욕심, 잘하려는 욕심이
마음의 병이 되어버렸다.

보고 듣고 경험하는 것을
마음속에 받아들이고자 하지만
그곳에 가득한 것은 경쟁의식.

경쟁의식에 사로잡힌 그대여!
그 경쟁의식을 버려야
삶의 즐거움과 지혜가 마음속으로 들어온다.
또한 원하는 목표를 달성할 수 있다.

환상과 현실에 대하여

환상은 비 온 뒤 하늘에 펼쳐지는
무지개와 같다.
환상은 높고 어두운 밤하늘에
떠 있는 별과도 같다.

인간은 늘 자신의 현실에는
불만을 갖는 존재.

환상이 다가올수록 현실은 멀어진다.

하지만 화려한 무지개를 보는 기쁨조차 없다면
쏟아지는 차가운 빗방울을 어떻게 견뎌내리.
빛나는 별들을 바라보는 환희가 없다면
짙은 어둠을 어떻게 견뎌내리.

그러나, 그대여!
환상이 밤낮으로 당신의 현실을
점령하지 않도록 경계하라.

스트레스에 대처하는 세 가지 자세

깊은 산속에서 거대한 멧돼지와 정면으로 마주쳤다.
그대는 어떻게 하겠는가?

걸음아 나 살려라 도망가겠는가?
죽은 척 바짝 땅에 엎드리겠는가?
두 눈 부릅뜨고 멧돼지와 눈싸움하며
나뭇가지나 돌이나 무기가 될 만한 무엇을
집어 들고 휘둘러 물리치겠는가?

스트레스는 깊은 산속에서 만난
거대한 멧돼지와도 같다.

멧돼지를 보고 도망친 그대는
어려운 일이 닥치면 회피할 것이다.
죽은 척 땅에 엎드린 그대는
어려운 일이 닥치면 타협을 할 것이다
두 눈 부릅뜨고 멧돼지와 대적한 그대는
어려운 일이 닥치면 도전할 것이다.

회피, 타협, 도전 중 가장 좋지 않은
스트레스 대처방법은
회피, 즉 도망치는 것이다.

만약 그대가 항상 회피를 선택한다면
그대는 경험에서 비롯된 교훈을 얻지 못할 뿐만 아니라

점점 유약해질 것이다.
작은 일에도 벌벌 떠는
겁쟁이가 되어버린 자신을
어느 날 발견하게 될 것이다.

자신감 있는 사람이 되는 방법

자신감 있는 사람이 되는 방법에 대해서
당신은 묻는다.

자신감 있는 사람이 되고 싶다면

목표를 정하라.
계획을 세워라.
실천하라.
칭찬하라.
격려하라.
자신을 절대 욕하지 마라.

이 습관을 반복하라.

당신은 어느 순간 자신감 넘치는
자신을 발견하게 될 것이다.

휴게소에서 배우는 성공법

많은 사람이 모여 있는 곳은
가지 말라.

길게 사람들이 줄 서 있는 곳은
더더욱 가지 말라.

그래도 그곳에 가고 싶다면
어떤 줄인지 물어보라.
다른 곳은 없는지
다른 줄은 없는지 살펴보라.

사람들이 줄을 서서라도
들어가려는 그곳은
내가 가고자 하는 곳이 아니며
사람들이 모여 만든 긴 줄은
내가 목적지에 도착하는 것을
더디게 하는 줄인지도 모른다.

줄을 서지 말고
고개를 5도만 옆으로 돌려보라.
두 걸음만 걸어보라.
가고자 하는 곳을
상쾌하고 빠르게 가는 길을
발견할 수도 있다.

연역적 사고

나는 연역적 사고를 좋아한다.

모든 사람은 죽는다.
소크라테스도 죽었다.
아리스토텔레스도 죽었다.
고로 나도 죽는다.

연역적 사고는 오늘 하루를
어떻게 살아야 하는지에 대한
답을 준다.

부자가 못 되는 이유

사람들이 부자가 못 되는 이유는

첫째, 배움이 부족해서다.
둘째, 게을러서다.

배운 사람이 가난한 이유는
게을러서다.

진로가 고민될 때 살아온 삶을 살펴보라

몇 년 전 20대 중반의 무직인 남자가 나를 찾아왔다. 그는 소위 부잣집 아들이었다. 마음만 먹으면 어디든 갈 수 있고, 어떤 물건이든 살 수 있고, 어떤 음식이든 사 먹을 수 있었다. 겉으로 보기에는 아무 걱정 없이 살아갈 것 같았다. 그런 그를 괴롭히는 것은 '나는 무엇을 해야 하나?' '도대체 내가 잘하는 건 뭘까?' 등 진로 정체성에 대한 고민이었다.

발달심리학 이론에 의하면 정체성에 대한 고민은 청소년기에 한다고 하는데, 우리나라의 경우 과열된 입시경쟁 탓에 20대나 30대로 연기되는 경향이 있다.

부모는 그에게 '우리가 고생해서 부를 쌓은 것은 다 너를 위해서였다. 너는 우리의 그늘 아래에서 편안하게 살아라.'라는 말을 자주 하였다. 자식에 대한 애정과 관심이 넘쳐서 모든 것을 알아서 미리 해결해주고 어떤 대학에 가고 어떤 전공을 할지도 정보를 주고 권유도 해서 대학까지는 별 무리 없이 살아왔다. 문제는 대학 졸업 이후에 발생했다. 어떤 일을 하고 어떤 직장에 다닐지에 대해서는 부모님이 적극적으로 개입하지 않고 스스로 결정했으면 한다는 의사를 표시한 것이다.

그런 그에게 다음의 질문을 했다.

첫째, 어렸을 때 관심을 가졌던 분야가 무엇인가?

둘째, 남보다 잘하는 게 무엇인가?

셋째, 최근에 관심을 가진 분야가 무엇인가?

이 세 가지 질문에 대한 답을 통해 그는 진로에 대한 방향성을 잡게 되었고 컴퓨터 관련 전공을 택해 외국으로 유학을 떠나게 되었다.

자신의 진로 정체성에 대해 갈등이 많다면 상기의 질문에 답해보는 것도 좋고, 적성탐색 검사를 해보는 것도 좋다. 적성탐색 검사는 워크넷에서 무료로 제공되는 것도 있다. 더 적극적인 방법은 지능검사, 인성검사를 비롯한 종합 심리검사를 받아보는 것이다.

나는 올해 초에도 기계와 관련한 일을 하는 30대 남성과 심리상담을 한 적이 있다. 그 사람은 어렸을 때부터 기계에 관심이 많았고, 잘하는 것 또한 기계 만지는 일이었다. 그러다 자신이 하는 일에 매너리즘을 느끼면서 진로에 대한 고민을 너무 많이, 오래 하다가 우울 증상까지 생겨 심리상담센터에 내방하게 된 것이었다.

그는 심리상담을 통하여 현재 하고 있는 일이 자신의 적성에 맞는다는 것을 인정하게 되었다. 진로에 대한 방향성을 찾을 때도 자신 안에, 자신이 살아온 삶에 이미 답이 있음을 그는 알게 되었다.

사람들은 대부분 어떤 문제가 생기거나 어려운 일이 닥치면 해결방법을 나 자신이 아니라 외부에서 찾으려고 한다. 하지만 그런 방법은 시행착오를 겪게 하고 실패를 유발하게 한다. 내가 스스로 쌓은 공든 탑을 무너뜨리고 다시 제로에서 시작하는 것을 반복할 때 타인들은 자신의 분야에서 계속해서 탑을 쌓음으로써 결과물을 내기 마련이기에 상대적으로 나는 실패할 수밖에 없는 것이다.

만화가 이현세도 보통사람이 천재와 싸워서 이기는 방법은 매일 조금씩 어떤 일을 해나가는 것이 중요하다는 의미로 다음과 같은 말을 하였다.

"천재를 먼저 보내놓고 10년이든, 20년이든 자신이 할 수 있다는 생각으로 하루하루를 꾸준히 걷다 보면 어느 날 멈춰버린 그 천재를 추월해서 지나가는 자신을 보게 된다."라고 했다. 그도 천재라서 유명한 만화가가 된 것이 아니라 매일 만화를 한 장, 한 장 그려 나가다 보니 한 분야에서 인정받게 되었음을 비유한 것이리라.

나 역시 천재라서 심리학 분야에서 나름의 성취를 거둔 것이 아니다. 매일매일 돌탑을 쌓듯이 심리상담, 강의, 글쓰기 등의 경험을 차곡차곡 쌓아오다 보니 성취가 가능했던 것이다. 덕분에 2019년 7월 임상심리사 양성, 심리상담 및 최면치료, 최면 푸드아트 테라피 창안에 대한 공헌을 인정받아 마르퀴즈 후즈후에 등재되고 알버트 넬슨 평생 공로상을 수상하게 되었다.

이 책 『힐링을 노래하라』도 시간 날 때마다 틈틈이 적어놓은 잠언시가 밑바탕이 되어서 탄생한 것이다.

Healing Solution

• **지혜로운 진로 설정을 위한 솔루션**

1단계: 나를 잘 아는 부모님이나 멘토와 대화를 나눠본다.

2단계: 심리상담센터에서 적성검사를 비롯한 종합 심리검사를 받아 본다.

3단계: 나의 과거와 현실, 나의 내면에서 답을 찾는다.

4단계: 매일 꾸준히 목표를 향해 전진한다.

I can do it. right now

미루는 행동습관도 사람들을 힘들게 하는 것 중 하나다. 미루기 행동은 의지와 본능이 싸우는 과정에서 일어난다. 즉, 자기 자신과의 싸움에서 비롯된다. 자기 자신과의 싸움은 평생, 매일 일어난다. 나도 현재 글쓰기와 수면욕구 사이에서 싸우고 있다. 당장의 쾌락을 추구하는 마음과 싸우고 있다. 내가 쓴 글들은 나와의 싸움의 결과물이다.

나도 한때는 미루는 행동습관 때문에 힘들었던 적이 많다. 그런데 'I can do it. right now(나는 할 수 있다. 당장 하자).'는 말을 반복해서 자기 암시함으로써 미루는 습관을 점차적으로 개선할 수 있었다.

"갈까 말까 할 때는, 가라."라는 말은 서울 대학교 최종훈 교수의 인생철학 중의 하나다. 가야 할지, 가지 말아야 할지 쉽게 선택할 수 없어 망설여진다면 일단 가보라. 즉, 행동해보라는 이야기다. 특히 요즘같이 모든 것이 빠르게 변화하는 환경에서는 우물쭈물 미루면서 생각만 하는 습관은 성취와는 멀어지는 결과를 낳는 것이 아닌가 생각된다.

미룬다는 것은 자신에게 생긴 문제나 스트레스를 직면하기보다는 회피하는 행동이라고도 볼 수 있다.

1978년 스트레스 완화 클리닉을 설립한 미국 메사추세츠 의과대학 명예교수 존 카밧진은 『마음챙김 명상과 자기치유』라는 책에서 스트레스에 대한 세 가지 대처, 즉 직면과 타협, 회피에 대해서 설명하고 있다.

"스트레스는 단숨에 해결되는 간단한 문제가 아니다. 스트레스는 인간의 존재적 조건 그 자체에 붙어 다니는 것으로서 피하려야 피할 수 없는 삶의 자연스러운 한 부분이다. 그럼에도 불구하고 어떤 사람들은 스트레스를 삶의 경험 그 자체로 받아들이려 하지 않고 이에 맞서서 방어함으로써 스트레스를 회피하려 하거나 이 방법 저 방법을 통해 스트레스에 무감각해짐으로써 도피하려 한다.

문제해결을 위해 습관적으로 도망가거나 회피하기만 한다면 문제는 더욱 커지고 더욱 복잡하게 될 수밖에 없다는 점은 확실하다. 반복적으로 회피나 도피만 한다면 사라져 가는 것은 스트레스가 아니라 오히려 상황을 바꿀 수도 있고 자신을 성장시킬 수도 있고, 또한 자신의 질병을 치유할 수 있는 기회나 능력이다. 문제를 해결할 수 있는 유일한 방법은 그 문제에 직면하여 부딪혀 나가는 것이다."

여기서 직면은 다른 말로 도전이라고 바꾸어도 무방하다. 회피, 타협, 도전 중에 가장 좋지 않은 방법은 회피다.

내가 대학원 다닐 때의 일이다. 통계학 과목을 전공필수로 이수해야 하는데 통계학도 어려운 데다가 영어 원서로 수업을 진행해서 따라가기가 벅찼다. 그러다 통계학 시험을 치는 날 시험도 당연히 어려울 것으로 예상하고 학교에 가지 않은 적이 있다. 심한 회피행동을 한 것이다.

다음 날 무거운 마음으로 학교에 가니 친한 동생이 나에게 와서 말했다.

"언니, 통계학 시험 있잖아. 오픈 북(open book)으로 치렀대."

순간 뒤통수를 한 대 얻어맞은 기분이었다.

나중에 반드시 대학원 과정을 마쳐야만 한다는 생각에 혼자 시험을 치를 기회를 얻었는데 취득한 성적에서 80%까지밖에 인정되지 않는다고 했다. 즉, 100점을 받아도 80점밖에 주지 않는다는 것이다.

그때 나는 회피가 좋지 않다는 것을 뼈저리게 느끼고 회피하는 습관을 점차 고치게 되었다.

젊은 날 나는 카프카의 명언 '나는 문학이다'라는 말을 좋아하며 자주 읊조릴 정도로 문학을 사랑했던 문학도였다. 나는 감정이 풍부하고 감수성이 예민해서, 마음이 쉽게 흔들리고 환경의 영향을 많이 받았다. 마음이 약한 탓에 어떤 어려움이나 문제가 닥치면 도전하기보다는 회피를 많이 했던 것이다.

세월이 흘러 2010년 포항에 심리상담센터를 차렸다. 그리고 얼마 지나지 않아 해군 측으로부터 생명존중을 주제로 하는 강의 요청이 들어왔다. 청강 인원은 군 간부와 사병이 구성원으로 300명 정도라고 하였다. 처음에는 회피하고 싶었다. 군대를 가본 적도 없고, 같은 일을 하는 주변의 지인들에게 군인을 대상으로 하는 강의가 어렵다는 말을 들었던 것이다. 하지만 나는 과거의 경험을 바탕으로 나에게 닥친 어떤 문제도 회피하고 싶지 않았다.

다행히 해군 측에서는 강의를 준비할 시간을 한 달 정도 주었다. 나는 한 달 내내 열심히 강의안을 준비해서 해군 장병 300명 앞에 섰고, 열정적으로 강의를 했다. 덕분인지 해군 장병들의 반응은 아주 좋았다.

그 일이 계기가 되어 군대에 인성 강사로 등재되었고, 이후 해병대 강의까지 총 10회 이상 강의를 했다. 그와 동시에 내 인지도도 조금씩 올라갔다.

그때부터 지금까지 나는 수많은 내담자와 심리상담을 하는 한편 사회 각계각층의 사람들을 대상으로 강의를 하고 있다. 나는 해군 대상 생명존중 강의를 통해, 도전의 경험을 통해서 성장하고, 성장의 경험이 쌓여서 성공에 이르는 선순환 구조가 이루어진다는 것을 알게 되었다.

Healing Solution

- **미루는 행동을 개선하기 위한 솔루션**

1단계: 미루고 있음을 인정한다.

2단계: 미루는 행동의 장단점을 적어본다.

3단계: 미루지 않겠다고 결단하고 "당장 하자."라는 자기암시를 반복한다.

4단계: 계획표를 작성한다. 매일 할 일을 메모해본다.

5단계: 큰 덩어리의 과제를 작은 단위로 나눈다.

6단계: 계획을 지킨 경우 칭찬을, 계획을 못 지킨 경우 격려를 한다. 절대 자신을 비난하지 않는다.

타인과 경쟁하지 마라. 자신과의 싸움에서 승리하라

먹고사는 문제, 즉 생존과 돈에 집착해서 타인과 경쟁하게 되면 마음이 거칠어지고 여유가 없어진다.

얼굴 표정은 긴장되어 보이고, 눈은 퀭하고, 눈빛은 사나워지고, 말투는 날카로워지고, 심지어는 외모가 초췌해 보이기 시작한다. 세상과 사람을 향한 사랑과 순수한 마음은 온데간데없고 오직 두 손으로는 무언가를 움켜쥐려고만 하고, 두 발로는 남보다 먼저 앞서려고만 하느라 부산하기만 하다.

그러다 어느 날 거울 속의 자신을 보면서 '저 사람은 누구인가?' 흠칫 놀라게 될 수도 있다.

이럴 때는 외부로 향한 시선을 거두고 내면을 돌아봐야 한다. 남과의 비교를 멈추고 내가 가진 것, 내가 잘하는 것을 찾아봐야 한다.

경쟁하는 마음이 왠지 열심히 사는 마음처럼 여겨져서 좋을 것 같지만 결국은 나에게도, 상대에게도 좋지 않은 결과를 낳는 경우가 많다. 자영업자들이 근거리에서 상호 가격경쟁을 벌이다가 둘 다 자멸하는 결과를 맞이하는 것은 주변에서 흔히 볼 수 있는 일이다.

내가 심리상담했던 이들 중에서는 경쟁에 대한 괴로움으로 내방한 사람도 많이 있었다. 특히 고2 여학생의 사례가 생각난다. 그 여학생은 전교에서 1등을 할 정도로 성적이 뛰어났는데, 2등인 여학생이 자신을 앞지를까 봐 항상 노심초사했다. 그리고 학교에서뿐만 아니라 집에서도 동생이 자신보다 더 공부를 잘해서 부모님에게 좀 더 인정을 받지 않을까 걱정을 많이 했다. 마침내 이런 경쟁심이 마음의 병이 되어 나를 찾아와서는 "하교하는 길에 길가에 서 있는 미루나무에 귀신들이 앉아서 서로 싸우고 있는 모습이 보인다."라며 두려움을 호소했다.

로르샤흐 검사라는 성격검사가 있다. 좌우 대칭의 잉크반점 검사로, 형체가 뚜렷하지 않은 10장의 카드를 보여주며 무엇으로 보이느냐는 질문을 하고 자유롭게 대답하도록 하는 것이다. 그 여학생은 1번부터 10번 카드까지 "서로 뺏는다." "서로 찢어서 가지려고 한다." "서로 싸운다." "뺏기지 않으려고 몸부림친다." 등의 답변을 했다. 대부분의 사람이 나비, 괴물, 사람이라고 답변하는 카드에서조차 경쟁심과 관련된 반응을 하는 것이었다. 특히 3번 카드의 경우 사람 2명이 무엇인가를 들고 있는 것 같은 형태로, "무엇인가를 함께 들고 있는 것으로 보인다."라고 답변하는 경우가 많다. 그런데 이 여학생은 그 카드에서조차 "서로 뺏어 가지려고 한다."라는 흔하지 않은 반응을 보였다. 결국, 그 여학생은 의식을 비롯하여 무의식마저 경쟁심으로 가득 차버려서 환시까지 보이는 마음의 병을 얻게 되었다. 이렇듯 경쟁심이라는 것도 심해지면 현실을 왜곡시킬 정도의 심각한 부적응을 초래한다.

사람들 마음속에서는 서로 다른 두 마음이 싸우는 경우가 많은데, 경쟁하려는 마음과 평화를 추구하는 마음의 갈등도 우리를 힘들게 하는 것 같다. 나도 심리상담센터 창업 초기에 주변의 심리상담센터를 검색하며 그 사람들보다 나은 프로그램을 갖춰서 경쟁에서 우위를 차지해야 한다고 생각했다. 그러다가 그러한 마음이 나를 점차 힘들게 한다는 것을 깨닫고 그 생각을 바꾸었다. '타인과 싸워서 승리하려 하지 말자. 내가 잘하는 것을 찾아서 목표를 세우고 자신과의 싸움에서 승리하자.'고 마음먹었다. 그러자 마음에 평화가 오고, 하는 일도 잘 풀렸다.

이렇게 마음의 평화를 찾고 지내다가도 경쟁심에 사로잡혀서 힘들어지는 순간이 종종 찾아오곤 한다. 그럴 때는 다시 나의 강점과 자원을 찾아보고 경쟁심을 내려놓으려고 노력한다. "그는 그대로 자신이 잘하는 것을 하면서 살아가고, 나는 나대로 내가 잘하는 것을 하면서 살아가면 그뿐."이라고 중얼거려본다.

나의 강점과 자원을 찾아보기 위해서는 잠시 재충전을 하며 자신을 돌아보는 시간이 필요하다. 그러다 보면 다시 본성과 순수한 마음을 회복하게 된다. 순수한 마음으로 진실하게 살아가면 주변 사람들이 좋아하게 되어 있다. 사람들이 좋아하면 그들에게 도움을 받을 수 있고, 보다 쉽게 원하는 목표를 이룰 수 있다. 다시 말해 지나친 경쟁심은 성공으로 가는 지름길이 아니라 오히려 그 길을 방해하는 걸림돌일 수 있다.

세상을 살아가는 데 있어 능력은 중요한 무기이다. 하지만 그에 못지않게 인성도 중요하다. 아무리 뛰어난 능력이 있어도 윗사람이나 아랫사람, 그리고 동료들과 조화롭게 지내지 못하면 결국에는 제 발로 회사를 나가는 경우도 생긴다. 그러므로 청년기에는 능력계발과 함께 인성이 바른 사람이 되려는 노력이 필요하다.

Healing Solution

- 경쟁심에서 벗어나기 위한 솔루션

1단계: 타인과 비교하며 경쟁심으로 괴로운 것은 아닌지 점검한다.

2단계: 비교를 멈추고 잠시 재충전의 시간을 갖는다.

3단계: 자신의 강점이나 자원을 찾아본다.

4단계: 자신만의 목표를 세우고 자신과의 싸움에서 승리한다.

Healing Tip _ 로르샤흐 검사(Rorschach Test)

로르샤흐 잉크반점 검사(Rorschach Inkblot Test)를 간단히 줄인 명칭이다. 1921년 스위스의 정신과 의사인 헤르만 로르샤흐(Hermann Rorschach)가 「심리진단(Psychodiagnostic)」이라는 논문을 통해 세상에 소개하였다. 그는 잉크반점에 대해 정신과 환자들과 일반인이 다르게 반응한다는 사실에 주목하여, 잉크반점 기법이 조현병을 진단하는데 유용한 도구가 된다는 사실을 입증하였다.

직장생활을 잘하는 방법

직장은 나의 능력과 시간을 투자해서 일을 하고 봉급이라는 대가를 받는 곳이다. 직장생활을 잘 관찰해보면 직장생활에서 상사와 부하 직원의 인간관계는 일을 시킨 다음, 일의 결과를 보고 평가하는 것으로 구성되어있음을 알 수 있다.

따라서 칭찬과 인정을 받기만을 바라면 안 된다. 직장 상사는 잘하면 당연하게 생각하고 못하면 지적하거나 혼을 내게 되어있다. 직장생활뿐 아니라 사회생활에서도 타인으로부터 칭찬과 인정을 받으려는 마음을 버려야 진정한 어른이 될 수 있다.

그런데 일만 잘해서는 직장에서 성공할 수 없다. 대인관계도 잘해야 한다. 그러려면 회식이나 직장에서 하는 행사에 적극적으로 참여해야 한다. 이런 모임을 멀리하고 자꾸 개인적인 일을 우선시하면 화제에 끼지 못하게 되고 소외감을 느끼게 될 수도 있다.

내가 심리상담했던 어떤 내담자는 자기계발을 한다고 매일 정시에 퇴근해서 학원에 다녔다. 심지어 점심까지 집에 가서 혼자 먹었다. 처음에는 편했지만 점점 직장 동료들의 대화에 끼지 못하고 소외감을 심하게 느끼게 되면서 심리상담을 받으러 오게 되었다.

또한, 직장 상사나 사장과 이중관계를 맺으면 안 된다. 이중관계란 직장 상사를 이모나 형님으로 생각하며 가족처럼 친밀하게 대하는 것과 관련 있다. 심리치료사가 지켜야 할 윤리강령에도 이중관계 금지조항이 있다. 심리상담에서 말하는 이중관계는 심리치료사와 내담자가 가족관계이거나 애인관계인 경우이다. 이러한 이중관계를 맺게 되면 객관적인 시각을 견지하기 어려워서 내담자를 돕는 데 어려움이 생긴다. 직장생활에서도 이중관계에 놓이면 관계가 좋을 때는 괜찮지만 갈등상태에서는 섭섭함을 느끼는 등 감정의 골이 깊어질 수 있고, 상사의 지시가 잘 전달되지 않을 수도 있다.

또 하나는 좋은 말을 해주거나 물건으로 작은 성의 표시를 하는 것이다. 월급을 탄 날에는 여성 동료에게 스타킹을 선물한다든지 남성 동료에게 음료수를 산다든지 하는 것이다. 여기에 더하여 봉급을 준 사장에게도 작은 성의 표시를 하면 좋다.

이러한 행동은 기계의 윤활유처럼 대인관계에 긍정적으로 작용한다. 그러나 이보다 더 중요한 것은 마음을 여는 것이다. 상대가 불편하고 싫다고 해서 점점 마음을 닫으면 상대에게 피해가 갈 것 같지만 그렇지 않다. 나에게 소외감이라는 불편한 감정이 생기고, 그것을 견디는 것은 나의 몫이다.

따라서 어떠한 경우라도 마음을 열고 있어야 한다. 적이나 미워하는 사람이 생기면 나만 불편해진다.

최근에도 어떤 내담자가 직장 동기를 미워하고 멀리함으로써 소외감이 생겼고, 그로 인해 직장 적응의 어려움이 생겨서 내방한 적이 있다.

직장에서는 너무 튀는 행동도 자제해야 한다. 그런 행동도 직장생활 부적응의 한 원인으로 작용할 수 있다. 열심히 한다고 출근을 너무 일찍 하거나 퇴근을 너무 늦게 하는 등 지나치게 인정받으려고 하는 행동이 이에 해당

된다.

너무 바른 말을 많이 하는 것도 바람직하지 않다. 직장 상사에게 항상 비판적인 언어를 사용해서 말하거나 자기주장이 너무 강한 경우가 이에 해당될 것이다.

Healing Solution

- **직장생활을 잘하기 위한 솔루션**

  1단계: 일과 인간관계의 균형을 맞춘다.

  2단계: 이중관계를 맺지 않는다.

  3단계: 좋은 말을 하거나 작은 선물을 주는 등 성의 표시를 한다.

  4단계: 어떠한 경우든 마음을 연다.

  5단계: 튀는 행동을 자제한다.

삶의 정글에서 승리하는 방법

세상에는 A타입과 B타입의 사림이 살고 있다. 이 분류는 미국의 심장내과 의사 프리드만이 이론화한 개념으로 성격이 급하고 일 중심적이면 A타입, 성격이 느긋하고 관계 중심적이면 B타입이라고 간단히 정의할 수 있다. 또한 A타입은 목표지향적이고 성공을 원하며 B타입은 과정 중심적이고 평화를 추구한다.

만약 당신이 A타입이든 B타입이든 성공을 원한다면 나의 글이 도움이 될 것이다.

행복이란 개념도 주관적이지만 성공이란 개념도 주관적일 것이다. 그렇지만 비슷한 동년배보다 더 많은 성취를 하고 물질적으로 좀 더 풍요로운 사람이 있는 건 사실이고, 사람들이 성공했다고 할 때는 공통적인 요소가 있을 것이다.

나의 성공비결은 첫 번째 가난과 타인의 무시였다. 가진 것이 없으므로 가열하게 살아갈 수밖에 없었다.

나는 평범한 농부의 딸로 가난의 설움을 정말 많이 겪었다. 대표적으로는 19세 때 교통사고를 당했을 때 아무도 도와줄 사람이 없었다. 손톱에 검은 흙이 끼어있는 어머니와 함께 단둘이 거친 세상과 맞서야 했다. 그때 사람들은 나에게 말했다. 집안에는 '사' 자가 있는 사람이 세 사람이 있어야 한다. 의사, 판사, 변호사였던가? 나의 집안에는 이런 직업을 가진 사람이 없었다. 의사가 없었기에 사고를 당했을 때 수술에 있어서 시행착오를 겪었고, 판사가 없었기에 교통사고로 인한 피해보상금을 아예 받지 못했다. 변호사가 없었기에 언변 좋은 사람이 나의 입장을 대변해줄 수 없었다. 19세의 몸이 상한 소녀는 의사에게 무시당하고, 보험회사 직원에게 무시당했다. 그 이후에 대학에 가서도 무시당하는 삶은 지속되었다. 어떤 교수는 "너는 도대체 가진 것이 뭐냐? 공부도, 외모도, 성격도." 그 말끝에는 또 하나의 하지 못한 말이 있었을 것이다. "집안도 별로다." 4년제 국립대학에 입학할 정도면 최소한 부모가 중산층이었다. 농부의 딸은 30명 중 2명이었고, 그중에 한 명이 나였다.

그때 당시 나의 가치관의 90%는 성공이었다. 심리학 공부를 통하여 타인을 돕는 삶을 통해 성공하고 싶었다. 무시당하지 않기 위해, 살아남기 위해 이 악물고 살다 보니 청춘이 다 갔다.

두 번째는 자신만의 블루오션을 찾는 것이었다. 나는 남들이 가지 않은 길, 하지 않은 일을 하려고 했다. 상기의 시 『휴게소에서 배우는 성공법』은 블루오션과 관련된 시다.

나는 전국적으로 교육을 하러 다니다 보니 휴게소를 들르는 일이 많다. 여성들은 화장실을 남성보다 자주 가는지 언제나 여자 화장실은 줄이 길게 늘어서 있는 경우가 많았다. 특히, 휴게소에는 항상 울긋불긋한 옷을 입은 등산객들이 많았는데, 나는 커리어우먼 복장을 하고 그 속에 끼어있는 경우가 많았다. 대부분의 사람들은 화장실을 가기 위해 기다리는 사람들의 줄이 길면 그냥 그 줄 끝에 별 생각 없이 서있는 경우가 많았다. 나는 강의시간에 맞춰야 하기에 시간 계산을 항상 하며 다닌다. '다른 화장실은 없나? 빨리 갈 수 있는 곳은 없나?'하고 고개를 돌리면 대부분의 경우 다른 화장실을 찾는 경우가 많았다. 2층이라든가 옆이라든가, 즉 고개를 5도만 돌리면 빠르고 쉽게 본능을 해결할 수 있었다. 심지어 더 깨끗하기까지 한 화장실을 산뜻한 기분으로 다녀올 수 있었다. 이 '고개를 5도 돌리는 공식'은 터미널이나 공항에서도 여지 없이 적용되었다.

이처럼 '고개를 5도 돌리는 공식'은 블루오션을 찾는 것과도 관련된다. 남들이 하고 있는 일을 나도 그저 따라하는 것이 아니라 '다른 일은 없나, 다른 아이디어는 없나' 하고 호기심을 가지고 둘러보면 빠르게 쉽게 가는 블루오션, 즉 성공의 길이 보이게 된다.

세 번째는 10년 법칙이다. 나비 박사라는 수식어가 그의 이름 앞에 붙을 정도로 석주명은 평생 나비 한 가지를 연구하여 후세에 이름을 남겼다고 한다. 이 10년 법칙은 대학원의 손정락 지도 교수님이 강조하신 것이다. 그는 나비 박사 석주명을 언급하며 한 분야에서 10년 이상 지속적으로 노력할 것을 상당히 강조하셨다. "한 분야를 10년 이상 매진해봐라. 너는 무언가 특별한 것이 있는 놈이야. 너는 쇼맨십이 있는 놈이야. 네 시작은 미약하였으나 그 끝은 창대하리라."란 말들이 그가 나에게 해준 말들이었다. 그는 나에게 언어로 최면적 암시를 한 것이었다. 나중에 깨달은 사실이지만.

네 번째는 연역적 사고다. 내가 생각하는 성공을 위한 연역적 사고라 함은 하고 싶은 일이 있으면 나중에 하는 것이 아니고 나중에 하려고 했던 일을 먼저 해보는 것이다. 예를 들어, 자격증 시험준비를 한다면 이론을 공부하고 기출문제를 푸는 것이 아니라, 먼저 기출문제를 풀고 부족한 이론을 공부하는 것이다. 나는 이 공부 방법을 임상심리사 실습수련생들에게 이런 말로 강조한다. "심리학 공부를 하면 평생 임상심리사 공부를 해야 할 수 있고, 임상심리사 자격증 대비 공부를 하면, 평생 심리학 공부를 즐겁게 할 수 있다"라고. 또한, 나의 경우 언젠가 귀촌을 해서 시골에 가서 농사를 짓고 살고 싶었다. 그 언젠가의 꿈에 대해서도 역시 연역적 사고를 적용해서 작은 밭을 사서 이동식주택을 짓고 살아보았다. 오랫동안 도시에 살면서 노동을 하지 않았던 나에게 시골에서 취미 삼아 농사짓는 것도 힘겹기만 했다. 잠시만 앉아서 씨앗을 심고 풀을 매도 현기증이 났다. 바라보는 것은 좋았지만 여름에는 곤충이, 겨울에는 싫어하는 추위와 싸워야 했다. 그리고 농사기술이 없어서인지 투자한 것에 비해 수확은 무척 부실했다. 결국 2년 만에 도시로 다시 나왔다. 나중에 귀촌하리라는 그 꿈은 그리 멋지고 현실성 있는 꿈이 아니었던 것이다.

다섯 번째는 책을 읽고 늘 공부하고 부지런해야 한다. 아는 만큼 세상이 보이고 사고의 반경이 넓어진다. 그다음에는 책을 보는데 그치지 않고 실천해야 한다. 앞의 『부자가 못되는 이유』라는 잠언은 내가 언젠가 서울에서 만난 큰 부자가 나에게 들려준 말을 기억해서 지은 글이다. 부자가 되려면 배워야 하고 배웠는데 그 사람이 가난하다면 부지런히 실천하지 않은 것이 원인이라는 말이 마음에 와닿았고, 나의 게으른 행동을 개선하는 데 도움이 되었다.

여섯 번째는 고향을 떠나 나에게 지시하고 통제하는 사람이 없는 곳을 선택했다. 포항으로 온 것이 나에게는 그 조건에 맞아떨어졌다. 대학원을 졸업하고 수련을 담당했던 교수님은 많은 생존전략을 알려주셨다. 그는 "문 선생, 성공하려면 윗사람이 없는 곳을 가야해."라고 자주 말했는데 그 말이 도움이 되었다. 옛말에도 성공하려면 고향을 떠나고 부모 형제를 떠나라는 말이 있는데 맞는 것 같다. 포항은 나에게 심리치료사로서의 명성과 경제적 안정을 가져다준 곳이다. 특히 심리치료와 최면의 고수가 되도록 도와준 고마운 곳이다.

일곱 번째는 타인이 반대하는 일을 한다.

나의 경우 부모나 형제가 대학을 가지 말라고 했다. 그렇지만 나는 대학을 갔다. 심리상담센터를 차릴 때는 주변사람이 잘 안될거라며 모두 뜯어 말렸다. 그즈음 학회에 참석하여 관심있는 주제라 참여한 강의 제목이 '상담센터 개업 및 성공전략'이었다. 그런데 초청 강사는 그 당시 심리상담센터를 운영하는 전문가였는데, 강의 주제와 걸맞지 않게 심리상담센터를 차리면 월 300만 원도 못 버니까 심리상담센터를 개업하지 말라고 하는 것이었다. 마치 인생의 큰 비밀을 알려주는 것처럼 선심을 쓰듯 말했다. 나는 타인의 반대를 무릅쓰고 심리상담센터를 차렸다. 그리고 내 인생에서는 경제적으로 빅뱅과도 같은 일이 일어났다.

그 이후에도 내가 무언가를 한다고 하면 주변 사람들은 대부분 반대했다. 그런데 반대하는 그 의견을 반대해야 성공할 수 있다는 것은 내 경험상 진리와도 같다.

사람들이 반대하는 이유는 첫째, 그들이 그 분야를 잘 모르기 때문이다. 둘째, 타인이 자신보다 더 앞서거나 잘되는 것을 시기하기 때문이다. 셋째, 같은 무리에서 어울리며 자신의 통제하에 그 사람이 있기를 바라기 때문이다.

여덟 번째는 직관에 따른 빠른 판단과 실행이다.

나는 말과 행동이 보통 사람보다 빠른 편이다. 심리상담을 할때는 천천히 말하지만 강의나 일상생활에서는 보통사람보다 3배속은 빠른 것 같다. 밥도 빨리 먹는다. 옷을 살 때나 심지어 부동산과 같은 큰 거래를 할 때도 빠르게 결정한다. 말이 빠른 것이 한때는 콤플렉스였지만 지난 과거를 돌아보면 빠른 판단과 실행이 남보다 조금 더 성취하게 한 것은 사실이다. 실보다는 득이 많았다. 직관이 뛰어나기에 빠르게 판단해도 큰 실패는 없었다. 또한, 실패를 해도 거기에서 교훈을 얻고 빠르게 벗어난다. 직관을 지니고 있다는 것은 마음에서 들려오는 지혜의 소리를 따른다는 것이며, 세세한 것보다는 큰 흐름을 본다는 것이다.

나는 대한민국이 경제적 어려움을 벗어나 생존문제를 해결하게 된 것도 빠른 판단과 실행 때문이라고 생각한다. 얼마 전 호주에 최면트레이너 교육을 갔는데 교육자료에 대한 구매 여부를 머뭇거리니까 호주의 최면교재 판매 담당자가 "빨리 빨리."라고 말하는 것을 들었다. 우리나라 사람이 빠른 것은 전 세계 사람이 알고 있다. 그 빠른 한국인 중에서 조금 더 빠르게 움직였던 것이 나의 성공비결이 아니었던가 생각된다.

이제 포항에서 서울 광화문으로 심리상담센터를 옮긴다. 포항에서 갈고 닦은 심리상담 및 최면 실력으로 더 많은 사람들의 마음을 치유하기 위함이다. 나는 사람들이 원하는 편안한 마음을 좀 더 쉽고 빠르게 찾도록 도와주는 일명 '힐링 사업'을 하고 있다고 생각한다. 젊었을 때 돈만을 추구하다가 죽을 뻔한 기억은 나를 항상 초심으로 돌아가게 한다. '사람들의 마음을 치유하는 진정한 심리치료사'라는 내 삶의 의미를 항상 잊지 않는다. 내가 마음치유에 대한 비전을 가지고 움직이면 움직일수록 세상은 더욱 긍정과 힐링의 에너지가 퍼져나가는 것이다.

나는 이제, 서울 광화문에서 '전 국민의 정신건강을 위한 마음치유를 한다'는 목표를 가슴에 새롭게 품어본다.

⏻ Healing Solution

- **성공하기 위한 솔루션**

1단계: 자신의 강점과 자원을 찾아본다.

2단계: 가치관에 맞는 목표를 세운다.

3단계: 블루오션을 찾는다.

4단계: 10년 이상 한 분야를 지속한다.

4단계: 선배나 윗사람 등 자신을 통제하는 사람이 없는 곳으로 간다.

5단계: 타인의 반대에 굴하지 않는다.

6단계: 장기적인 흐름을 읽고 신속하게 판단하고 행동한다.

Part 4
사 랑

Self Healing Book

Healing Poem

먹고 기도하고 사랑하라

먹는다.
몸이 좋아하는 것을 먹고
몸의 소리에 귀 기울인다.

기도한다.
마음이 좋아하는 것을 받아들이고
마음의 소리를 듣는다.

내 안의 신을 보고
당신 안의 신을 본다.

당신도 자신 안의 신을 보고
내 안의 신을 본다.

사랑한다.
나를 사랑하듯 당신을 사랑한다.
당신도 자신을 사랑하듯 나를 사랑한다.

–

누군가를 사랑한다는 것은

누군가를 사랑한다는 것은
한순간 매혹된다는 것이다.

누군가를 사랑한다는 것은
내 마음의 호수에 아름답게 빛나는 꽃잎이 하나
우연히 떨어진 것이다.

누군가를 사랑한다는 것은
그 아름다운 꽃잎을 자꾸 붙잡고 싶은 것이다.

누군가를 사랑한다는 것은
잡히지 않는
그 아름다운 꽃잎 때문에 괴로워하는 것이다.

누군가를 사랑한다는 것은
그 아름다운 꽃잎을
하염없이 바라보는 것이다.

누군가를 사랑한다는 것은
호수에서 이미 흘러가버린 아름다운 그 꽃잎을
가끔씩 그리워하는 것이다.

사랑이 어려운 이유

사랑이 어려운 이유는
남자와 여자의 차이 때문이다.
남자와 여자는 다른 언어를 사용하고
다른 사고, 다른 행동을 한다.

사랑이 어려운 이유는
자신보다 더 멋진 상대를 원하기 때문이다.
당신 역시 못난 상대를 원하지 않는 것처럼.

사랑이 어려운 이유는
붙잡으려 마음의 줄을 당길수록
상대는 답답해하며 고통을 느끼기 때문이다.
당신 역시 자신을 구속하려는 상대를 싫어하는 것처럼.
사람은 누구나 자유와 기쁨을 주는 상대를 좋아한다.

사랑이 어려운 이유는
사랑하는 이에게 받은 상처로 인해
사랑에 대해 부정적인 마음을 지니고 있기 때문이다.

사랑이 어려운 이유는
상대를 믿지 않고 의심하기 때문이다.
자신을 믿지 않고 사랑하지 않는 것처럼.

사랑이 어려운 이유는
사랑을 주려고 하기보다는
받으려고만 하기 때문이다.

사랑이 어려운 이유는
사랑을 받으려고 노력하기보다는
'난 사랑이 필요 없다.'며
포기하고 합리화하기 때문이다.

사랑이 어려운 이유는
마음속에 사랑이 없기 때문이다.

사랑이 어려운 이유는
상대보다 나 자신을 더 사랑하기 때문이다.

사랑이 어려운 이유는
몸과 마음을 아름답게 가꾸지 않기 때문이다.

사랑이 어려운 이유는
사랑을 해 본 적이 없기 때문이다.

…….

당신과 내가 사랑의 실패자가
되었던 이유는 이렇듯 많다.

그대여!
지금부터 우리 함께
사랑의 승리자가 되도록
노력해보지 않겠는가?

마음의 줄

당신은 사랑이
언제 끝나는지 아는가?
두 사람이 모두 마음의 줄을
놓아버렸을 때다.

마음에는
문이 있고 거리가 있듯
그 거리를 연결하는 줄이 있다.
마음의 문처럼, 마음의 거리처럼
사람들은 보이지 않아서 없는 줄 안다.

남자와 여자 사이에
마음의 줄이 연결되면
사랑이 시작된다.
그러다 한 사람이 마음이 변하여
상대에게 싫증을 느끼거나 오해를 해서
그 줄을 슬그머니 놓거나
세게 뿌리칠 때가 있다.

그렇다고 당신도 쉽게 마음의 줄을
놓아서는 안 된다.

상대를 진정으로 원하고 사랑한다면
마음의 줄을 잡고 기다려야 한다.

상대가 다시 마음이 바뀌어
그 줄을 붙잡을 수 있도록.

당신은 사랑이
언제 끝나는지 아는가?
두 사람이 마음의 줄을
놓아버렸을 때다.

그대여!
그 마음의 줄을 잘 관리하라.

너무 힘없이 늘어뜨리고 있거나
너무 세게 잡아당기는 것을 경계하라

아름다운 오늘의 신부에게

당신의 영혼은 새하얀 드레스처럼 순수하다.
당신의 마음은 반짝이는 보석처럼 빛난다.
당신의 심장은 새빨간 장미 부케처럼 뜨겁다.
당신의 모습은 오늘 가장 아름답다.

결혼 행진곡이 울리고
가장 사랑하는 사람과 입술을 마주치면
당신은 신부에서 아내가 된다.

부탁하노니
오늘 밤 잠들기 전 포도주 한 잔에
과거의 마음은 모두 지우고
새사람으로 부활하라.
그리고 새사람이 된 당신
신랑도 새사람으로 대하라.

인간의 축복은 과거를 추억할 수
있어서일 수도 있지만
큰 불행 또한 과거의 기억에서 올 수 있음을
명심하라.

사랑을 의심하는 당신에게

당신은 괴로워한다.
내가 사랑하는 그 사람이 나 말고
다른 여자를 만난다고.
틀림없다고.

당신은 고통으로 몸부림친다.
눈이 나빠지고
심장이 타들어 가고
불면의 밤이 많아지고
마음이 병들어 가고
몸도 병들어 간다.

당신이 사랑하는 배우자와 자녀도
얼굴이 어두워지고 몸과 마음이 고통에 빠진다.

그대여!
당신이 홀로 외롭고
너무나 사랑했던 사람이
당신을 배신하여 가슴 아팠던 적이 있음을
잘 알고 있다.

그대여!
이제는 거울 속의 자신을 보라.
의심으로 가득한 눈을.
수척해진 몸을.

온 마음과 몸에서 뿜어져 나오는
고통의 역한 냄새를 맡아보라.
남은 생이 얼마 남지 않았다.
어리석은 자로 눈감고 싶은가?
지혜로운 자로 살겠는가?

지혜로운 자로 살고 싶은 그대여!
생각해보라.
당신이 사랑하는 그 사람도
당신처럼 마음과 몸이 아름답고
기쁨을 느끼는 사람을 좋아한다는 것을.
당신이 자신의 행복을 추구하듯
그 사람도 자신의 행복을 추구한다는 것을

그에게 그녀는

그에게 그녀는 살아계신 하나님
아침이면 밝은 미소로 그를 배웅하고
저녁이면 따뜻한 미소로 반겨주었네.

그에게 그녀는 살아계신 하나님
그가 힘들 때는 다정한 목소리로 위로해주고
그가 기쁠 때는 청아한 목소리로 기쁨을 노래해 주었네.

그의 마음과 몸의 불편함이 제 것인 양
그를 편히 쉬게 해주었던 그녀,
어느 날 그의 곁을 떠나가 버렸네.

하나님을 잃은 그의 눈동자엔
상처 입은 어린아이처럼 슬픔만 가득하네.

그대여!
지금 당신이 사랑하는 그 사람도 언젠가는
당신 곁을 떠날 수도 있으니
미리 마음의 대비를 해보기를.

한 가지 더 바란다면
외부에서만 하나님을 찾지 말고
내면의 하나님과 친구를 해보면 어떨까?

자신을 사랑하는 사람과 사랑하지 않는 사람

자신을 사랑하는 사람은
자신에게 해가 되는 행동을 하지 않는다.

자신을 사랑하는 사람은
술을 적당히 마시거나 아예 마시지 않는다.
자신을 사랑하는 사람은
담배를 적당히 피우거나 아예 피우지 않는다.

자신을 사랑하는 사람은
비만이 되도록 음식을 폭식하지 않고 운동도 적당히 한다.

자신을 사랑하는 사람은
두통이 오도록 일을 하거나 공부를 하지 않는다.

자신을 사랑하는 사람은
자신을 쉬게 하는 취미를 한두 가지 가지고 있다.

자신을 사랑하는 사람은
자신의 몸과 마음을 소중히 여기듯,
타인의 몸과 마음도 소중히 여긴다.

따라서 자신을 사랑하는 사람은
술을 매일 마시지 않는다.
가족을 비롯한 타인에게 폭력과 폭언을 하지 않는다.
자신을 사랑하지 않는 사람은 그 반대이다.

자신을 사랑하는 사람과 사랑하지 않는 사람의 구별법,
이렇듯 참 쉽다.

자신을 사랑하라

당신은 자신을 진정으로 사랑하고 있는가?
당신은 자신을 사랑해야 하는 이유를 알고 있는가?

자신을 사랑하지 못하는 사람은 자신을 괴롭혀 결국
죽음에까지 이르게 된다.
또한 자신을 사랑하지 못하는 사람은
타인을 괴롭혀 죽음으로 몰고 가기도 한다.

이처럼 자신을 사랑하지 못하는 사람은
온 세상에 고통을 메아리치게 한다.

그러니 그대여!
지금 이 순간부터
자신을 마음 깊이 사랑하라.

남을 사랑하라

자신을 사랑하게 된 당신
이제 남을 사랑하라.

남을 사랑해야 하는 이유를 알고 싶은가?

남이라고 생각한 그는
우주적 관점에서 보면
결국 '나'이기 때문이다.

우리는 매 순간 경험을 공유하고
어느 순간 몸을 벗는다.
나의 정신은 우주에 남기고.
그 우주에서 우리는 다시 만나 합일한다.
그곳에서 또 새로운
생명이 태어난다.

형제들의 근원은 모두
부모인 것처럼
우리는 하나의 근원에서 출발한
우주의 형제들인 것이다.

그래서 남을 미워하고
괴롭힐 때 자신의 마음이 아픈 것이다.

남이 결국 나임을 알면
거울 속의 자신을 보고 웃듯이
남을 보고도 언제나 미소 지을 수 있으리라.

사랑을 다 이루었다

사랑은
당신이 사람에게 줄 수 있는
가장 큰 선물
그의 마음속에서 영원하네.

사랑은
영혼의 빵
당신의 내면을 성숙시키네.

사랑은
영혼의 향기
성숙할수록 짙어지네.

가장 큰 사랑은
'다 이루었다.'고 말한 '그'의 사랑

온 세상 사람이
자신만을 생각하는 것에서 벗어나
서로 사랑하게 하셨네.

사랑은
나만 생각하지 않고
가족, 이웃, 생명 있는 모든 것에게
내 마음을 조금씩 나눠주는 것.

만약 당신이
가족, 이웃, 생명 있는 모든 것을
진정으로 사랑하게 되었다면
'다 이룬 것.'

존재하는 모든 것을 사랑하라

나는 어느 해인가 성탄절에 심리상담센터에 나와서 일을 한 적이 있다.

그때 언젠가 읽었던 성경의 한 구절인 '다 이루었다.'라는 말이 내 마음에서 계속 메아리치며 떠나가지 않았다. 그래서 「다 이루었다」라는 시가 탄생했다.

나는 특정 종교단체에 속해 있지 않으니 종교와는 무관한 주관적인 마음의 노래임을 밝힌다.

심리치료사인 나의 경우 어떤 내담자든지 조건에 관계없이 그들을 사랑하는 마음이 중요하다.

심리치료사들은 내담자를 상담할 때 미국의 심리학자 칼 로저스가 강조한 '진실성, 공감적 경청, 무조건적 존중'이란 태도를 견지하는 것을 중요하게 생각한다. 이 세 가지를 한마디로 말하면 사랑하는 마음이리라. 꼭 심리상담 장면이 아니더라도 대부분의 인간관계 상황에서 타인을 사랑하는 마음으로 대한다면 갈등이나 싸움은 줄어들 것이다.

『호오포노포노의 비밀』이란 책에서도 기적의 심리치료사 휴 렌 박사가 '사랑'이란 마음 하나로 정신병동의 환자들을 기적처럼 변화시키는 내용이 나온다. 기적의 치료법은 결국 사랑하는 마음이었던 것이다.

나도 예전에 인격이 성숙하지 못했을 때는 사람들과 부딪치는 일이 가끔 있었다. 즉, 자기를 사랑하는 마음이 부족하니 타인 역시 사랑하기가 어려웠던 것이다. 나 자신만 생각하고 이기적으로 행동하기도 했다. 그러나 마음공부를 통해 마음의 평온을 얻은 후로는 대인관계가 원만해져서 즐거운 순간들이 많다.

현재는 만나는 모든 사람에게 물질적으로 한 가지라도 베풀려 하고 한마디라도 좋은 말을 해주려고 한다. 사람뿐만 아니라 동물, 식물 등 주변에 존재하는 모든 것을 사랑하려 한다.

미국의 정신분석학자이자 사회심리학자이며, 『사랑의 기술』의 저자인 에리히 프롬도 사랑은 배워야 하는 기술임을 강조하며 "사랑은 이성에 국한되는 것이 아니다. 인간, 동물, 식물 등 모든 생명에 대한 사랑이어야 한다." 라고 말했다.

최근에도 주변의 지인 세 사람에게 사이즈가 안 맞아서 못 입는 원피스를 하나씩 선물했다. 다들 좋아하면서 내가 쓴 책 『힐링을 노래하라』가 출간되어 출판기념회를 하면 도우미로 나서서 거들어주겠다고 했다. 내가 책을 무료로 증정해준다고 하니 1인당 5권씩 사서 주변 지인들에게 나눠주겠다고 했다.

이렇듯 마음속에 움켜쥐려고 하기보다는 마음속의 주먹을 펴고 작은 것 하나라도 나누고 작은 말 한마디라도 나누는 것이 오히려 잘 살아가는 방법 중 하나임을 경험할 때가 많다.

Healing Solution

• **사랑을 실천하기 위한 솔루션**

1단계: 마음을 열고 사랑하는 사람이 되겠다고 결심한다.

2단계: 사람을 만나면 얻을 것을 생각하지 말고 줄 것이 뭔가 생각한다.

3단계: 물질이 있으면 물질을 나누고, 물질이 없으면 좋은 말을 한마디라도 해준다.

자기사랑은 자기긍정이다

자신을 사랑하지 못하는 사람은 남을 사랑하지 못한다. 그래서 스스로를 괴롭히고, 나아가 남을 괴롭히게 된다. 나는 심리상담 장면이나 주변에서 홧김에 연인과 싸우다가 자해를 하거나 상대에게 상처를 입히는 사람 중에는 '자기애'가 없는 사람이 많다는 것을 알았다. 남들과 어울려 즐겁고 행복한 삶을 살아가기를 바란다면 남을 사랑하기 전에 먼저 자신을 사랑해야 한다. 그래야 자연스럽게 남을 사랑할 수 있게 된다.

자신을 사랑한다는 것은 결국 자신을 긍정적으로 생각하는 것이다. '자기애'라는 것에 대해 어렵게 생각하는 사람들이 있는데, 결코 어렵지 않다. 자신의 모든 것을 받아들이고, 자신에 대해 좋은 생각을 하면 된다. 이를 자기수용(Self Acceptance)이라고 한다.

심리상담의 마지막 단계에서 내가 제안하는 것은 자기수용이다.

변화하려는 마음으로 내방하였는데 오히려 자신의 모든 것을 인정하고 수용하라는 제안을 받는 것이다. 자기수용이란 자신을 둘러싼 환경이나 자신의 집안, 외모, 지능, 학벌, 성격 등 나의 모든 것을 좋게 생각하는 것이다. 나도 한때는 내 삶의 모든 조건에 불만을 가졌고, 나 자신에 대한 콤플렉스가 많았다. 그래서 고향, 부모님과 형제들 직업, 내 자신에 대한 사적 정보를 감추고 되도록 말하지 않았다.

나의 경우 자기수용 방법은 "나는 이런 사람이야. 생긴 대로 살아가자."라는 자기암시를 반복하는 것이었다. 이 말이 콤플렉스를 극복하는 데 도움을 주었는데, 이 짧은 자기 암시문에는 자신에 대해 부정적으로 생각해봐야 타인이 나에게 아무것도 보태주지 않으므로 그것은 아무런 도움도 되지 않는다는 의미와 더불어 자신의 모든 것을 수용한다는 강력한 메시지가 숨겨져 있다.

언젠가 만난 대학원 선배의 말 한마디도 도움이 되었다.

"1등도 먹고 살고 꼴등도 먹고 산단다."

Healing Solution

- 자기사랑을 실천하기 위한 솔루션

1단계: 타인과 비교하는 것을 멈춘다.

2단계: 자신의 모든 것에 대해 인정하고 좋아하는 마음을 갖는다.

3단계: "~이런 내 자신을 수용합니다."는 자기암시를 반복한다.

예)

내가 대한민국에서 태어난 것을 수용합니다.

나의 가정환경을 수용합니다.

나의 외모를 수용합니다.

나의 지능을 수용합니다.

나의 성격을 수용합니다.

사랑과 집착의 차이

집착은 모든 심리적 문제의 원인으로 작용한다. 개인이 어떤 것에 대해 집착하면 혼자 괴로우면 그만이지만 연인이나 부부관계에서 한 사람이 상대에게 집착하면 고통은 두 사람 모두에게 작용한다.

집착이란 쉽게 말하면 특정 생각을 자주, 오래 하는 것을 말한다.

연인이나 부부 사이에 상대를 너무 좋아해서 그 사람 생각만 하고, 그 사람과 지나치게 많은 시간을 보내려 하고, 그 사람의 일거수일투족을 다 알려고 하다 보면 간섭과 의심이 자연스럽게 독버섯처럼 자라난다. 전화를 안 받으면 '혹시 나 아닌 다른 사람과 있는 건 아닐까? 나보다 좋아하는 그 누군가가 있는 건 아닐까?' 이러한 생각은 갈등을 유발하고 싸움이 잦아지게 한다. 어느덧 사랑의 즐거운 감정에서 집착의 괴로움으로 넘어가게 된다. 『DSM-5』에서는 이성에 대한 집착이 심해져서 심각한 부적응을 초래할 때 망상장애(부정망상)로 분류하고 있는데, 대중적인 용어로는 의처증(의부증)이라고 쓰이고 있다. 사랑하는 마음이 너무 커서 그 생각에만 몰두하게 되면 마음에 병이 오는 것이다.

그렇다면 사람들은 왜 사랑을 추구하는 것인지 옛사람의 지혜를 빌려 보자.

철학자 플라톤은 "좋고 아름다운 것을 향한 에로스(사랑의 본질) 덕분에 사람들은 이성을 향한 욕구가 생기며, 출산의 고통을 감수할 수 있고, 고차

원적인 정신 활동을 한다."라고 했다.

에리히 프롬은 『사랑의 기술』에서 "인간이란 근본적으로 고독한 존재이며, 그와 같은 고독감 및 공허감을 극복하기 위하여 사람들은 사랑을 하는 것."이라고 말했다.

사랑과 집착의 차이를 명쾌하게 시로 정리해준 사람도 있다. 나도 그의 시를 읽고 이성에 대한 오랜 집착에서 벗어나게 되었다. 바로 작가이자 목사인 유진 피터슨이다.

그는 「사랑과 집착의 차이」라는 시에서 '좋아하는 것은 가까이 있고 싶은 마음, 내 곁에 두고 싶어하는 마음'이라며, 이 마음이 건강하게 자라나지 못하면 집착이 될 수 있다고 하였다.

상대의 입장은 고려하지 않고 내 입장에서만 생각하고 상대를 구속하기 시작하면 집착이 된다는 것이다. 다시 말해 나도 좋고, 상대도 좋은 관계가 건강한 사랑이라고 한다면 집착은 상대의 입장은 아랑곳하지 않고 자신만 생각하는 이기적인 사랑이라고 볼 수 있다.

더 쉽게 설명하면 이성과의 관계에서 내 생각만 하면 집착이요, 상대도 존중하고 배려를 한다면 사랑인 것이다. 그래서 흔히 사랑하기 때문에 보내준다는 말은 그 사람의 입장을 존중해준다는 의미인 것이다.

이성에 대한 집착으로 부정망상(의처증, 의부증) 상태까지 가면 상대를 끊임없이 의심하는 말과 행동을 보이게 된다. 이런 경우는 자신도 괴롭지만 상대는 더욱 괴롭다. 고통을 배가하는 것은 이런 마음의 병을 두 사람 이외에 타인들은 잘 인지하지 못한다는 데 있다.

마음의 병 단계가 되면 내면에 분리불안이나 심한 열등감이 있는 것은 아닌지 자문해보고, 심리상담센터를 방문하여 근본 원인을 찾고 변화를 위한 작업을 시작하기 바란다.

⏻ Healing Solution

- **이성에 대한 집착에서 벗어나기 위한 솔루션**

1단계: 이성이 전화를 안 받거나 연락이 안 될 때 심하게 불안을 느끼는지 점검한다.

2단계: 만약 그렇다면 집착이 시작되고 있음을 인정한다.

3단계: 상대가 전화를 안 받으면 2번 이상 전화하지 않는다. 3회 이상 전화하면 집착으로 넘어가게 된다.

4단계: 혼자여도 괜찮고 둘이면 더욱 좋다고 생각한다.

5단계: 혼자 있는 시간을 즐겁게 보내고 연인을 만나면 역시 즐거운 시간을 보낸다.

감정을 다스리면 부정적인 기억이 사라진다

요즘에는 예전에 비해 현재 사귀고 있는 사람의 과거의 사적 정보를 쉽게 접할 수 있다. 예를 들어 남자(여자) 친구가 자신과 사귀기 전에 페이스북이나 트위터에 올린, 이성과 함께 찍은 사진을 예기치 않게 볼 수도 있고, 남자(여자) 친구 집에 가서 컴퓨터를 켰다가 우연히 전에 사귀었던 사람의 사진이라든가 동영상, 이별한 후에 쓴 일기 같은 것을 읽을 수도 있다.

그것이 문제가 되어 서로 다투거나 심하면 헤어지는 경우도 있다. 생각으로는 괜찮다고, 과거는 과거일 뿐이라고 여기며 대범하게 행동하려 하지만 우연히 보았던 이미지가 자꾸 떠오른다. 동시에 분노, 질투심, 의심 등의 부정적 감정도 수반된다.

이런 경우 나는 NLP 상담기법을 통해 내담자 머릿속에 떠오르는 상대의 과거 이미지를 상상으로 지우고 새로운 이미지로 대체해준다. 부정적 감정도 긍정적 감정으로 대체해준다.

속상한 사건과 관련된 시각, 청각 등의 감각을 떠올리고 그것을 심리치료사의 언어적 암시에 의해 새로운 감각으로 변화시키면 마음의 프로그램이 변화되면서 더는 강렬한 감정이 수반되지 않고 기억도 덜 떠오르게 된다.

우리가 괴로운 이유는 그 기억이 아니라 기억에 수반된 감정 때문이다. 예를 들어, 불타오르는 듯한 불꽃 모형 조형물을 보면 손을 댔을 때 뜨거움이 느껴질 것 같지만 실제로 만져보면 뜨겁지 않은 것과 비슷한 이치다.

사랑하는 상대의 과거를 알게 되어 너무 괴롭다면 떠오르는 기억과 관련된 감각들을 새롭게 변화시켜보라. 감정적으로 덤덤해진 자신을 발견하게 될 것이다.

Healing Solution

• **불쾌한 기억을 지우기 위한 솔루션**

1단계: 눈을 감고 부정적 감정과 연관된 기억을 떠올린다.

2단계: 상상으로 우주로 가서, 살아오면서 즐거웠던 순간을 떠올린다.

3단계: 다시 처음의 부정적 사건을 떠올려본다.

4단계: '덤덤함'을 확인한다.

Healing Tip _NLP(Neuro-Linguistic Programming)

NLP는 인간의 마음과 행동이 일어나는 원리를 설명하고 원하는 방향으로 마음과 행동을 효율적으로 변화시키는 기법이다. 또한 사람들의 탁월성을 계발하기 위한 이론과 기법 체계이다.

N(Neuro): 우리의 행동이 시각, 청각, 촉각, 후각, 미각의 오감이라는 신경적 과정을 통하여 생겨난다는 의미로 사용된다.

L(Linguistic): 우리가 자신의 사고와 행동을 규정하고 타인과 커뮤

니케이션을 하기 위하여 언어를 사용한다는 점을 나타낸다.

P(Programming): 특정한 결과를 생산하기 위하여 우리의 생각과 행동을 조직화하는 방식을 의미한다.

나의 가장 친한 친구는 나

서로를 지극히 사랑하는 부부가 있었다. 남편은 아침이면 회사에 출근해서 열심히 일을 했고, 매달 받는 월급은 아내에게 맡겼다. 아내는 남편의 월급으로 살림을 하며 정성껏 남편을 내조했다.

아내는 음식, 세탁, 청소 등 집안 살림뿐만 아니라 공과금 관리, 보험, 적금, 대출금 관련 은행업무 등 생활에 필요한 대부분의 일을 도맡아 했다. 그 남편은 직장에서 일을 하는 것을 제외하고는 집안일은 어느 것 하나 신경 쓰지 않아도 되었다.

그러던 어느 날 아내가 갑자기 교통사고를 당해 세상을 떠나고 말았다. 너무나도 갑작스럽게 벌어진 일이라 남편은 눈앞의 현실을 믿을 수 없었다.

그 후 남편은 삶의 의욕을 잃어버린 채 먼저 간 아내를 그리워하며 슬픔에 젖어서 지냈고, 그러다 보니 심한 우울증에 걸리고 말았다.

이렇듯 중요한 대상을 잃었을 때 나타나는 정서적 고통을 심리학 용어로 '애도(Mourning)'라고 한다. 『DSM-5』에서는 이 애도반응도 우울증을 일으키는 하나의 원인으로 본다.

젊은이들 중에는 이성과 헤어진 후 마음을 추스르지 못하고 가슴 아파하며 술을 마시는 등 방황하는 사람이 많다. 하물며 오래 함께한 사랑하는 배우자가 세상을 떠났을 때 받을 충격과 고통은 어떻겠는가. 말로는 다 표현하기 힘들 것이다.

앞에서 언급한 남편은 심한 우울증 상태에서 나를 찾아왔다. 남편의 표정은 침울했고, 눈동자에는 슬픔이 가득했다. 갑작스럽게 자신의 곁을 떠나 버린 아내가 못 견디게 보고 싶으면서도 때로는 원망스럽다고 하였다. 부모 형제가 따뜻하게 자신을 위로하며 보살펴주고, 좋은 사람을 만나게도 해주고, 취미생활도 권해서 해봤지만 깊은 우울의 늪에서 좀처럼 벗어날 수 없어 나를 찾아왔다고 했다.

그분은 심리상담을 통해 우울 증상이 개선되기는 했으나 그렇게 되기까지 보통의 사람보다 시간이 더 걸렸다.

사랑하는 사람이 죽으면 대부분 크게 충격을 받고, 그 사실을 부정하다 죄책감에 사로잡히게 된다. '내가 뭔가 잘못해서 죽은 건 아닐까'라고 생각하는 것이다. 이렇게 '내 탓' 하는 심리가 우울증으로 연결되는 경우가 많다.

연인에게 이별을 통보받았을 때도 마찬가지다. '내가 남자(여자)로서 매력이 없나?' '내가 뭔가 부족한가?' 등 본인 내면에서 원인을 찾으면 우울증에 빠지기 쉽다.

나는 우울증으로 심리상담을 받으러 온 내담자들에게 먼저 인지행동치료 기법을 적용해서 잘못된 생각을 바꾸도록 한다.

그다음에는 특정사건에 대해 논리적, 현실적, 효율적으로 생각해보도록 한다.

"본인 생각이 논리적으로 맞다고 여기십니까?" "본인 생각이 현실적으로 맞다고 여기십니까?" "본인 생각이 삶에 적응하는 데 도움이 된다고 여기십니까?" 등의 질문을 하고 내담자가 생각을 바꿀 때까지 지속적으로 심리상담 작업을 진행한다.

이런 대화방법을 통해 적응적 사고를 하도록 이끌어주는 것을 소크라테스식 대화법(Socratic Method)이라 한다. 소크라테스는 제자들을 깨우칠 때 그들과 대화를 주고받으며 본인 스스로 답을 찾도록 했다.

그런 다음 심리치료기법을 사람에 따라 다르게 적용하지만 마지막으로는 자신의 잠재의식과 만나게 한다.

어떤 문제가 생겼을 때 외부의 누군가에게 물어서 답을 찾으려 하기보다는 내면에서 지혜를 찾아야 한다.

Healing Solution

- **내면의 잠재의식과 친구가 되기 위한 솔루션**

1단계: 타인에게 지나치게 인정이나 사랑을 추구하는 것을 멈춘다.

2단계: 외로움을 해소하려고 지나치게 친구나 애인을 찾아다니는 것을 멈춘다.

3단계: 혼자만의 시간이 찾아오면 그것을 즐기려고 해본다.

4단계: 가슴에 손을 얹고 내면의 소리를 듣는다.

5단계: 내면의 소리에 이름을 붙이고 외로울 때나 지혜가 필요할 때 내면의 자신과 대화를 나눈다.

Part 5
삶의 기술

Self Healing Book

매일 아침 명상을 한다면

당신이 매일 아침밥을 먹듯이
매일 아침 명상을 10분 정도 한다면
당신은 자신의 삶의 주인이 될 수 있다.

삶의 주인이 된다는 것은
하고자 하는 것을 대부분 이룰 수 있게 된다는 것이다.
또한 가족을 비롯한 타인에게도
긍정적인 에너지로 좋은 영향을 미칠 수 있게 될 것이다.

명상을 해보라.
우주의 에너지가 몸과 마음에 충전될 것이다.

–

의미, 용기, 열정에 대하여

의미는 내가 왜 이 일을 하는가에 대한 답을 준다.
매너리즘에 빠질 때마다 초심으로 돌아가게 해준다.
마음의 중심을 잡아준다.

용기는 무엇을 선택해야 하는 상황에서
두려움을 이겨내게 한다.
용기 있게 도전하면 또 다른 기회가 생긴다.

열정은 내가 선택한 일에 에너지를 쏟고
최선을 다하게 해준다.
결과적으로 성공을 낳는다.

이성이 당신을 싫다고 할 때는

이성이 당신을 싫다고 할 때는
울고불고 매달리거나 붙잡으려 하지 마라.
그럴수록 상대는 당신을 더욱 싫어하게 된다.

단지 당신이 할 수 있는 일은
두 가지 대안을 준비하고 기다리는 것이다.

상대가 마음이 바뀌어 나를 좋아하게 되면 좋다.
상대가 나를 싫어하여 떠나간다면 그것도 좋다.

이렇게 두 가지 대안을 준비한다면
당신은 마음이 결코 불안하지 않을 것이요,
크게 상처받지도 않을 것이다.

두 가지 대안을 사랑뿐만 아니라
다른 인생사에도 적용해 보라.
마음이 항상 편안할 것이요.
한세상을 지혜로운 자로 살아가게 될 것이다.

'사랑하는 그 사람이 떠나가도 좋다.
내 곁에 머물러도 좋다.'

당신이 오늘 사랑으로 괴롭다면
단지 당신이 할 수 있는 것은
두 가지 대안을 준비하는 것이다.

양가감정

살고 싶다.
죽고 싶다.

친구가 필요하다.
혼자가 좋다.

결혼하고 싶다.
독신이 좋다.

신을 믿고 싶다.
신을 부정한다.

열심히 살고 싶다.
대충 살고 싶다.

살을 빼고 싶다.
맛있는 음식을 실컷 먹고 싶다.

인간답게 살고 싶다.
본능대로 살고 싶다.

인간은 언제나 두 가지 중에서
하나를 선택해야 하는 갈림길에 서 있다.
그것이 인간이란 존재의 본질이다.

신도 아니고 동물도 아닌
중간자의 운명을 타고난 까닭이다.

자존심에 대하여

자존심이란
스스로 자신을 높이려고 하는 마음이다.

사람들은 누구나 속으로는
자신이 스스로를 존중하듯
남들도 자신을 존중해주었으면 한다.

자존심이 강한 사람은
자신을 대단한 존재로 여기며
자신이 생각하는 만큼
남들이 대접해주지 않을 때 속상해한다.

따라서 자존심이 강한 사람은
그렇지 않은 사람보다 속상할 때가 많다.

남들도 역시
나름 자신을 잘났다고 여기며
잘난 체하는 사람을 보면
'너 잘났다' 콧방귀 뀌고
비아냥거리기 때문이다.

자신이 스스로 자존심이 강하다고
밝히는 것은
'나 잘났다'고 말하는 것과 같이
남들에게 조롱거리가 될 수도 있다.

팔자가 잘 바뀌지 않는 이유

사람의 팔자가 잘 바뀌지 않는 이유는
한 번 먹은 마음을 바꾸기 어려워서다.

어린 시절 마음에 뿌려진 씨앗은 싹을 틔우고
자라서 꽃이 피고 열매가 생긴다.

그 열매는 성장과정에서는
무엇인지 잘 알 수 없다.
성인이 되었을 때 확연히 드러난다.

당신이 당신 자녀의 팔자를 좋게 하고 싶다면
아이가 어렸을 때
마음밭에 좋은 씨앗을 뿌려야 한다.

혹시라도 어린 시절 안 좋은 씨앗을 뿌렸다면
그 씨앗이 자라기 전에 마음에서 없애야 한다.

그것이 당신과 당신 자녀의 팔자를
바꿀 수 있는 방법이다.

인간이란

인간이란 누구나 불완전하다.
주위를 둘러보라.
단점 없는 사람이 있는지.

인간이란 누구나 외롭다.
주위를 둘러보라.
혼자 잘 견디는 사람이 있는지.

인간이란 누구나 불쌍하다.
주위를 둘러보라.
언제나 행복하다고 말하는 사람이 있는지.

인간이란 누구나 나약하다.
주위를 둘러보라.
울지 않고 살아가는 사람이 있는지.

인간이란 누구나 죽는다.
주위를 둘러보라.
불멸의 존재가 있는지.

그대여!
우리가 남들보다 잘났으면 얼마나 잘났고
산다면 얼마나 오래 살겠는가?

아무리 날뛰어봤자
우리는 결국 인간인 것을.

사막이 생기는 이유

당신은 사막에 가보았는가?

사막은 가도 가도
모래밭이 펼쳐져 있다.
나무와 풀은 거의 없고
생명체도 별로 없다.

당신은 사막이 생기는 이유를 아는가?

그 이유는 햇빛이 내리 쬐는 날씨가
계속되기 때문이다.

사막에서 걸어본 이,
사막에서 달려본 이는
사막에서의 여행이 우리의 인생 여정과
유사하다고 말한다.

당신은 항상 행복하기를,
좋은 일만 있기를 갈구한다.

그러나 사막에 가보면 알게 될 것이다.
항상 행복하고 좋은 일만 있다면
우리의 마음이 황폐화할 수도 있음을.

사막에 비가 오고 바람이 불고
천둥 번개가 내리치는 순간
생명체가 자라듯
우리도 인생에서 고난이 왔을 때
성숙해질 수 있다고
사막에서 걸어본 친구,
사막에서 달려본 친구가 말해주었네.

당신은 원래부터 완전하고 순수했다

자신이 불완전하다고 슬퍼하는 그대여
자신이 아름답지 못하다고 부끄러워하는 그대여
자신이 부족하다고 자책하는 그대여

당신은 신이 만든 가장 완전한 존재
가장 아름다운 존재
가장 순수한 존재
어두운 기억의 분신을 떨쳐버리고
원래의 자신으로 부활하라.

지금 당신이 괴로운 건
원래의 자신을 잠시 잊었기 때문이리라.

아무것도 두렵지 않다

권력을 추구하는 자는
권력자 앞에서 무력해진다.

부를 추구하는 자는
부자 앞에서 초라해진다.

명예나 인기를 추구하는 자는
익명의 대중을 두려워한다.

사랑을 추구하는 자는
사랑을 잃을까 봐 조바심을 낸다.

신을 숭배하는 자는
신의 심판을 두려워한다.

자신의 본성대로 살아가며
영혼의 목소리를 듣는 자는
아무것도 두렵지 않다.

그는 자족하여
더는 갖고 싶은 것도
잃을 것도 없기 때문이다.

왜 사냐고 묻거든

당신은 나에게 묻는다.
"왜 그렇게 열심히 사느냐?"

나는 대답한다.
"저 산 너머, 저 강 건너편에 무엇이 있는지
나는 모른다.
그러나 오늘 내가 열심히 살아서 즐거웠으면
내일도 즐거울 것이다.
오늘을 열심히 살지 않아서 괴롭다면
내일도 괴로울 것이다."

당신은 나에게 묻는다.
"이 생이 끝나면 어떻게 되느냐?"

나는 대답한다.
"내 몸이 사라진 다음 세상에 무엇이 있는지
나는 모른다.
그러나 이 생이 천국 같은 삶이라면
다음 생도 천국일 것이다."

당신은 나에게 묻는다.
"왜 그렇게 열심히 사느냐?"

나는 대답한다.
"우리는 이 생에서 얻은 것을 통하여
다음 생을 살아가게 된다.
오늘 내가 얻은 것을 통하여
내일을 살아가는 것처럼."

나의 화두는 의미, 용기, 열정

의미와 용기, 그리고 열정은 내가 세상을 살면서, 심리상담센터를 운영하면서 자연스럽게 형성된 인생의 화두라 할 수 있다. 나는 어떤 일을 하던 일단 의미를 찾아보았고, 의미를 찾았으면 용기 있게 도전하고 열정적으로 임해서 좋은 결과를 얻었다.

다른 말로 목표라 할 수 있는 의미는 우리가 사는 이유, 일을 하는 이유이다. 따라서 의미를 먼저 뚜렷하게 세워야 한다.

그러나 인생을 살아가다 보면 때로는 삶의 의미(목표)를 잃어버리기도 한다. 이럴 때는 잠시 멈춰 서서 본인이 세운 의미, 초심을 되찾아야 한다. 그렇지 않으면 매너리즘에 빠지기 쉽다. 나의 경우 심리상담센터를 운영하다 매너리즘에 빠지면 '사람들을 돕는 훌륭한 심리치료사가 되겠다.'는 초심을 되새겨본다.

로고테라피(의미치료)를 창안한 빅터 프랭클은 제2차 세계대전 당시 나치에 의해 강제로 아우슈비츠에서 갇혀 지낸 경험을 토대로 『죽음의 수용소에서』라는 책을 썼다.

지옥이나 다를 바 없는 곳에서 살아 돌아온 프랭클은 수용소에서 생활할 때 인간은 어떤 환경에서도 자신의 행동을 선택할 수 있음을 알게 되었다. 자신이 살기 위해 친구를 배신하는 일이 다반사인 수용소에도 다른 사람을 위로하고, 마지막 남은 빵 조각을 나누어 주는 사람도 있었다.

그는 죽음을 목전에 두고도 자신의 삶에 의미를 부여하고자 했고, 직접 행동으로 옮겼다. '반드시 살아서 이 경험을 책으로 내겠다. 사랑하는 가족을 다시 만나겠다.'는 목표(의미)를 세웠고 결국 살아남아서 로고테라피를 창안한 것이다.

의미(목표)를 세웠다면 그다음에는 용기를 내야 한다. 대부분의 사람들이 매순간 긍정과 부정 사이에서 갈등하듯 용기와 두려움 사이에서 갈등한다. 사실 누군가에게 자신의 마음을 말로 표현하는 것에도 용기가 필요하다. 예를 들어 내가 누군가에게 사랑한다는 고백을 했을 때 상대가 거절할 수 있다는 생각, 상대가 내 말을 다른 사람에게 전해서 자신이 비웃음거리가 될 수 있다는 생각 때문에 두려워서 속마음을 털어놓지 않는 사람도 있을 수 있다. 모든 상황에서 용기와 두려움 가운데 두려움을 항상 선택하는 경우 은둔형 외톨이가 될 수도 있다. 더 심한 경우는 가족이 두려워 자기만의 방에서 나오지 않게 될 수도 있다.

기타 심리적 문제들도 용기 대신에 두려움을 선택하고 회피적인 행동을 하는 데에서 비롯된 것일 수 있다. 어떤 일을 해야 하는 상황에서 불안을 경험하고 회피하면 그 일을 하는데 주저하게 되고 좋은 결과를 내지 못한다. 좋은 결과를 내지 못하니 자신감이 없어져서 일을 미루게 되고 다시 시작하는 것에 두려움을 느끼는 등 실패의 악순환 구조가 생겨나는 것이다.

용기를 냈다면 결과가 나올 때까지 열정적으로 추진해 나아가야 한다. 즉, 최선을 다하고 결과는 그다음 생각하는 것이다.

나는 매너리즘에 빠질 때나 삶의 방향성을 상실할 때 먼저 삶의 의미를 생각해보고, 용기를 내서 다시 열정적으로 도전하는 삶을 오늘도 살아가고 있다.

Healing Solution

- **의미, 용기, 열정 솔루션**

  1단계: 의미(목표)를 찾아본다.

  2단계: 용기와 두려움 중에서 용기를 선택한다.

  3단계: 결과가 나올 때까지 열정적으로 에너지를 쏟는다.

의존과 독립의 갈등을 해결하라

이성을 사귀다 보면 상대에 대한 열정이 식기도 하고, 성격이 자신과 맞지 않는다는 생각이 들기도 한다. 그런데도 쉽게 헤어지지 못하는 이유는 다양하겠지만 혼자가 되는 것이 두렵고, 다른 사람을 만날 자신이 없어서일 경우도 있다.

이런 경우 자존감은 갈수록 약해지는 반면 상대에 대한 의존감은 깊어져 결국 홀로서기가 어렵게 된다. 심지어 상대가 나를 무시해서 언어폭력이나 신체폭력을 가해도 매달리는 경우도 있다. 한편으로는 끝내야지 하면서 다른 한편으로는 헤어지지 못하고 비굴한 자세를 취하기도 한다. 이런 경우는 서로 생산적인 관계가 아닌 단지 관계유지를 위한 관계에 머물게 된다.

우리의 마음에는 의존심과 독립심의 갈등이 존재할 수 있다. 사람들은 대부분 어렸을 때는 부모에게 의존하지만 자라서 성인이 되면 독립을 하는 것이 바람직하다. 그러나 성인이 되어도 독립하지 못하고 여전히 부모를 의지하며 부모의 그늘 아래 살아가는 사람도 있다.

이런 사람들이 부모가 되면 자녀가 독립했으면 하는 마음과 자신들의 보호 아래에 살았으면 하는 마음의 갈등을 겪게 된다. 이런 심리는 의식적으로 인지되기도 하지만 보통은 무의식적으로 진행되기 때문에 자녀와 부모 사이에 원인 모를 갈등이 생기고, 자주 다투는 등 불협화음을 내게 된다.

나는 언젠가 의존하고 싶은 마음과 독립하고 싶은 마음 사이에서 갈등하는 여성을 상담한 적이 있다. 그녀는 외동딸이었다. 부모는 성인이 된 그녀를 어린아이처럼 보살피며 용돈도 잘 챙겨주었다. 대신 잔소리를 많이 했다. 그녀는 부모의 잔소리가 듣기 싫으면 집을 떠나 다른 지역으로 갔다. 다른 지역에서 살다가 가진 돈은 다 떨어지고 일자리를 구하지 못해 경제적인 어려움이 생기면 집으로 돌아왔다. 부모는 집에 온 그녀를 반갑게 맞이했다. 맛있는 음식과 예쁜 옷을 사주고 용돈도 넉넉하게 주었다. 반면에 차츰 차츰 잔소리가 늘어만 갔고, 어느 순간 견디기 힘들 만큼 심해졌다. 그러면 그녀는 다시 집을 떠났다.

인생그래프를 그려보니 그녀는 지난 10여 년 동안 2년 주기로 집을 떠났다 돌아오기를 반복하는 패턴의 삶을 살았다.

나는 그녀에게 물었다.

"계속 부모에 대한 의존과 독립을 반복하면서 살아가겠습니까? 어떤 삶이 본인에게 이로울까요?"

"저는 독립적인 삶을 살고 싶습니다."

그녀는 심리상담을 통해 새로운 삶을 선택했고, 홀로서기를 위한 계획표를 세밀하게 짜기 시작했다.

심리상담을 마친 후에 그녀는 이렇게 말했다.

"선생님, 그동안 감사했습니다. 선생님 덕분에 제 문제의 원인도, 해결방법도 찾았어요. 선생님께서 아무리 저를 도와주신다고 해도 제 문제의 답은 제 안에 있고 스스로 해결해야 한다는 사실을 알게 되었어요."

그녀는 심리상담관계에서도 의존이 아닌 독립을 선택했다. 심리상담이 성공적으로 종료된 것이다.

연인 또는 부부는 상대에게 의존을 하게 마련이다. 아예 의존을 하지 않을 수는 없다. 다만 중요한 점은 지나친 의존을 경계하고 언제든지 독립적으로 살아갈 수 있다는 마음으로 임해야 상대 앞에서 당당할 수 있게 된다는 것이다. '절대로 헤어지면 안 돼.' '절대로 이혼하면 안 돼.' 하는 마음을 가지고 있으면 상대에게 순응하는 것을 넘어서 굴종적인 관계, 즉 주인과 노예 같은 관계로까지 발전될 수 있다.

Healing Solution

- **독립적인 삶을 살아가기 위한 솔루션**

1단계: 이성과의 관계에서 지나치게 매달리고 있지는 않는지 점검한다.

2단계: 의존과 독립의 양가감정으로 인한 갈등이 심한지 자문한다.

3단계: 독립적인 삶을 살아가겠다는 결단을 내린다.

4단계: 부모나 이성에게 자신의 의사를 전달한다.

두 마음을 하나로 합쳐라

한 사람의 마음속에서 두 가지 이상의 마음이 싸우는 상태를 갈등이라고 할 수 있다. 갈등이 깊어지면 마음에 병이 올 수도 있다. 두 마음이 갈등하다가 심하게 분리된 경우의 극단적인 예가 해리성 정체감 장애(다중인격)가 아닌가 생각된다.

최면 분야에는 갈등하고 있는 각각의 마음을 '파트(Part, 분아)'라고 개념화하고 이를 중재하는 파트테라피(Part Therapy)라는 치료 기법도 있다.

파트의 개념을 쉽게 설명하고자 한국의 대중가요「가시나무」의 몇 구절을 예로 들어본다.

내 속엔 내가 너무도 많아 당신의 쉴 곳 없네
내 속엔 헛된 바람들로 당신의 편할 곳 없네
내 속엔 내가 어쩔 수 없는 어둠 당신의 쉴 자리를 뺏고
내 속엔 내가 이길 수 없는 슬픔 무성한 가시나무 숲 같네

이 노래 가사에서 '너무도 많은 나, 헛된 바람, 어쩔 수 없는 어둠, 이길 수 없는 슬픔'을 파트(분아)라고 칭할 수 있다.

이런 분아가 많아지고 서로 충돌하는 것이 갈등이고, 갈등이 많아지면

정신적 고통이 시작되는 것이다.

갈등의 예는 상기의 잠언시 「양가감정」에서 들었던 것 외에도 무수히 많다. 내면에 갈등이 없는 사람은 거의 없다고 보면 된다. 이때 사람들은 이분법적으로 하나는 나쁘고 없애야 하는 것으로, 다른 하나는 좋고 가지고 있어야 하는 것으로 사고하는 경향이 있다.

예를 들어 다이어트를 하는 경우 음식을 많이 먹는 분아와 절제하는 분아가 있을 때 절제하는 분아는 좋아하고 음식을 많이 먹는 분아는 싫어한다고 하자. 즉 음식을 적게 먹는 분아는 수용하고, 많이 먹는 분아를 수용하지 못하는 것이다.

그렇지만 그 두 마음은 나에게 필요해서 내 내면에 존재하는 것이다. 예전에 내가 구매한 물건들이 지금은 낡아서 쓰레기처럼 여겨질지라도 예전의 그때는 필요해서 구매했듯이 내가 싫어하는 그 마음도 내가 필요해서 지니고 있는 마음인 것이다.

모든 행동에는 긍정적 의도가 있기 마련이다. 즉 갈등하는 모든 마음은 결국에는 나의 행복과 성공을 위해 내 내면에 존재하는 것이다.

최근 나의 지인 중에도 공부하기 싫은 마음과 자격증을 취득하기 위해서 열심히 공부하고 싶은 마음 때문에 힘들어 한 이가 있었다. 나는 그와 함께 카페에 가서 그에게 간단히 파트테라피를 진행하였다. 이 두 가지 마음을 대상화시켜 양쪽 손바닥에 올려놓으라고 하고 두 마음의 목적을 물었다. 그러자 그는 여러 차례의 나의 질문을 통해 둘 다 자신의 행복과 성공을 위해서 존재한다는 결론에 이르렀다. 즉 한 가지는 버려야 하는 마음이고, 다른 한 가지는 추구해야 하는 마음으로 알았는데 둘 다 어떤 긍정적 의도를 가지고 마음속에 존재하고 있었던 것이다. 이후 그는 수용하지 못하는 그 마음이 자신을 힘들게 했다는 것을 깨닫고 다시 공부에 매진하게 되었다.

위의 사례에서 알 수 있듯 갈등하는 두 분아의 긍정적 의도가 무엇일까를 자문해보고, 두 마음을 수용하고 통합하는 것이 갈등으로 인해 소비되는 불필요한 에너지를 줄이고 건강하게 살아갈 수 있는 하나의 방법이다.

Healing Solution

• **마음속의 갈등을 줄이기 위한 솔루션**

1단계: 두 가지 마음이 싸우고 있음을 인지한다.

2단계: 양손을 펴고 양손에 두 가지 마음을 올리고 이름을 붙인다.

3단계: 두 가지 마음의 긍정적 의도를 생각해본다.

4단계: 두 손바닥을 포개서 한마음으로 통합한다.

5단계: 통합된 마음에 이름을 붙이고 마음속에 간직한다.

Healing Tip _ 파트테라피

파트테라피는 최면상담기법의 일종으로 내담자 마음의 한 부분인 '분아' 즉 '파트'의 개념을 사용하여, 내담자 내면의 갈등하는 마음들을 공통의 목표로 통합시킨다.

이를 위해 내담자 내부의 감정, 성향, 증상 등을 분리시켜 '객체화' 또는 '대상화'시킨다. 이러한 분리가 치유의 시작이 되는 것이다.

모든 심리적 문제의 핵심, 자존감

어떤 사람들은 "나는 자존심이 강하다."는 말을 자랑삼아 습관적으로 한다. 여기에는 '나는 자존심이 세니 당신이 나에게 맞추라.'는 의미가 내포되어있다. 또한 '나는 변화하지 않겠다.'는 의미도 담겨 있다.

또 어떤 부류의 사람들은 "나는 자존감이 약하다."는 말을 입에 달고 살다시피 한다. 심리상담센터에 내방하는 대부분의 사람은 자신들이 자존감이 약하다고 말한다. 심리치료사가 알려주기 전에 이미 자신에 대한 심리분석을 하고 오는 것이다. 자존감이 낮은 것이 자신의 문제에 대한 원인이라고.

자존심의 사전적인 의미는 '남에게 굽히지 않고 자신의 가치나 품위를 스스로 지키려는 마음'으로 열등감의 다른 표현이다. 자존심은 타인이 자신을 존중하는지 여부에 영향을 받는다.

자존심과 형태는 비슷하지만 의미는 전혀 다른 자존감이란 단어도 있다. 자존감의 사전적 의미는 '스스로 품위를 지키고 자기를 존중하는 마음'이다. 타인이 자신을 존중하든 안 하든 상관없이 스스로 자신을 존중하면 족하며, 타인이 나를 존중하면 좋고 그렇지 않다고 해도 개의치 않는 마음이다. 따라서 타인의 평가, 인정 및 사랑에 연연하지 않는다.

자존감은 양육자로부터 칭찬과 격려를 많이 받으며 성장한 경우 길러진다고 한다. 하지만 그렇지 못한 환경에서 성장했고, 이미 어른은 된 사람은 자존감을 어떻게 향상시킬 수 있을까?

그것은 어렵지 않다. 내가 부모에게 듣고 싶었던 말을 스스로에게 해주는 것이다. 부모가 나에게 했던 말은 초자아로 작용하여 나를 감독한다. 부모가 나를 자주 칭찬하고 격려했다면 부모의 말은 메아리처럼 나의 내면에서 들려온다. 부모가 나를 비난하고 질책했다면 그것 역시 나의 마음속에서 수시로 메아리친다.

이제 성인이 된 당신에게 비난과 질책의 메아리가 들려올 때마다 그것을 무시하고 자신에게 칭찬과 격려를 반복해보라. 그러다 보면 어느 날 타인에게 영향받지 않는 자존감이 높은 사람으로 변모한 자신을 발견하게 될 것이다.

"당신은 스스로 점수 매긴 것보다 훨씬 더 나은 사람입니다."

Healing Solution

• 자존감을 향상시키기 위한 솔루션

1단계: 자존심이 강한지 자존감이 높은지 자문한다.

2단계: 남과 비교를 멈추고 자신의 장점에 집중한다.

3단계: 어떤 상황에서 잘한 경우 칭찬을, 못한 경우 격려를 한다.
잘한 경우는 물질적 보상도 한다.

4단계: 어떤 경우에도 자신을 비난하고 질책하지 않는다.

팔자를 바꾸고 싶다면 당신의 언어를 바꿔라

자신이 원하는 대로 일이 잘 풀리지 않으면 "사주가 나빠서." 또는 "팔자가 사나워서."라고 말하는 사람이 제법 있다. 실제로 주변에서 흔히 듣는 말이기도 하다. 그러나 수많은 사람을 심리상담하고 그들의 삶이 변화되는 것을 목격한 나는 사주팔자는 자신의 마음과 관련 있다고 생각한다. 쉽게 말해 우리의 삶은 타고난 사주팔자보다는 자신의 생각과 감정 중에서 특히 생각과 관련 있다. 생각이란 속으로 말하면 생각이며 말로 표현하면 언어가 되는 것이다.

언어는 그 무엇보다 중요하다. 언어를 통해서 대인관계를 하고 직업 활동을 하기 때문이다. 그러나 더욱 중요한 것은 언어가 자신의 마음과 몸에 먼저 영향을 미친다는 사실이다.

그렇다면 이 언어는 어디에서 출발할까?

최초의 언어교사인 부모일 것이다. 부모는 자녀에게 언어를 가르치면서 생각도 전달하게 된다.

언어의 힘이 얼마나 큰지, 언어가 어떻게 삶에 영향을 미치는지 알려주는 놀라운 심리상담 사례가 있다.

어느 날 예쁘고 날씬하게 생긴 여고생이 부모와 함께 나를 찾아왔다. 부모가 나에게 한 첫마디는 자신의 딸이 친구들과 호기심으로 유흥업소에 가보았고 그곳에서 양주를 훔쳐왔다는 것이었다. 도대체 왜 이런 황당한 일을 저질렀는지 딸의 속마음을 알고 싶어서 심리상담센터를 내방하게 된 것이다.

심리상담 과정에서 부모는 딸이 중학생이 되면서부터 외모를 꾸미기를 좋아하고, 친구들과 밖에서 놀다가 늦게 귀가를 하는 날이 많아져 걱정이 되었다고 털어놓았다. 그래서 어쩌다 한번씩 "너 커서 술집 다니고 싶지 않으면 외모를 단정히 하고 다녀라. 너무 늦게까지 싸돌아다니지 마라."고 이야기했다는 것이다.

딸은 '술집'이란 단어를 반복해서 듣다 보니 부모가 말하는 술집이 어떤 곳인지 궁금해져서 그곳에 가보았다고 말했다.

이야기를 더 들어보니 그들에게는 슬픈 가족사가 있었다. 어머니의 여동생이 인신매매를 당해서 술집에 팔려간 일이 있었던 것이다. 어머니는 그것이 한이 되어 딸이 혹시라도 그런 곳에서 일하게 될까 봐 두려워하는 마음이 있었고, 그래서 자신도 모르게 딸에게 그렇게 행동하다가는 술집에 가게 된다는 암시를 반복했던 것이다.

나는 부모에게 언어를 바꾸라는 조언을 했다. 무엇보다 술집이란 단어를 아예 쓰지 말 것, 걱정을 하기보다는 믿어줄 것을 제안했다. 다행히 부모가 내 제안을 받아들였고 그들의 가정에 평화가 오게 되었다.

이것과 유사한 심리상담 사례는 무척 많지만 특히 기억에 남는 사례를 두 가지 더 들어본다.

심리상담센터로 나를 찾아온 사람 중에 "나는 원래 그렇다."는 말을 입버릇처럼 하는 분이 있었다. 20대 중반의 여성이었다. 나는 그녀에게 말했다.

"원래란 없습니다. 다만 해보지 않은 것뿐입니다. 어떤 일이 주어졌을 때 '나는 원래 무슨 일이든 잘 못한다.'는 생각으로 포기하지 말고 '나는 원래 무슨 일이든 잘한다. 원래 잘될 사람이다.'라고 스스로에게 말하고 용기를 내서 도전해보세요."

결국 그녀는 나와의 심리상담을 통해 자신의 잘못된 생각을 바꾸고, 좀 더 적극적으로 도전하는 삶을 살게 되었다.

이렇듯 심리치료사는 언어로 내담자의 마음을 바꾼다.

얼마 전에는 30대 후반의 어머니가 초등학교 2학년 아들을 데리고 나를 찾아왔다. 그분은 상담 과정에서 아들에게 말할 틈을 주지 않고 주로 혼자 이야기했다. 요점은 '우리 애가 원래 소심하다. 소심해서 말을 못한다.'는 것이다.

나는 좀처럼 입을 다물지 않는 그분에게 다음과 같이 말하고 싶었지만 스스로 마음의 준비가 될 때까지 기다렸다.

'어머니, 제발 이제 그만 말을 멈추시고 아이한테 이야기할 기회를 주세요.'

그분은 심리상담시간이 끝나갈 즈음에야 나에게 아들의 소심한 성격을 어떻게 하면 고칠 수 있는지 물었다. 나는 그분에게 말했다.

"아드님이 원래 소심해서 말을 못한다고 생각하지 마시고 기회를 줘보세요. '너는 못할 거야.'라고 말씀하지 마시고 '너는 잘할 수 있어. 도전해봐. 경험해봐.'라고 말씀해주세요. 아드님의 마음밭에 좋은 언어의 씨앗을 심어주세요. 성장해서 좋은 열매가 맺힐 수 있도록 말입니다."

나는 유능한 심리치료사를 만나면 그 사람의 인생이 바뀔 수 있다고 본다. 심리치료사는 약으로 내담자를 치료하지 않는다. 혼내거나 위협하거나 벌을 주지 않는다. 심리상담을 통해 내담자의 장점을 발견하고, 그 부분에 대해 좋은 말을 반복해서 해준다.

"당신은 원래 괜찮은 사람입니다. 당신은 잘할 수 있습니다."는 말을 되풀이하면 어느 순간 내담자의 마음이 바뀐다. 마음, 즉 생각이 바뀌면 행동이 바뀌고, 행동이 바뀌면 습관이 바뀌고, 습관이 바뀌면 인생이 바뀐다. 다시 말해 마음이 바뀌면 팔자가 바뀌는 법이다. 나는 타고난 팔자란 없다고 본다.

Healing Solution

- **팔자를 바꾸기 위한 솔루션**

1단계: 나의 언어를 점검한다.

2단계: 부모님이 나에게 자주 했던 말을 점검한다.

3단계: 부모님이 나에게 해주었으면 하는 말,
타인이 나에게 해주었으면 하는 말을 스스로에게 한다.

비가 올 때는 나에게만 내리는 것이 아니다

혹시 어떤 문제나 어려움이 닥쳤을 때 '나만'이라는 말을 주로 많이 하는가? 아니면 '그들도'라는 말을 많이 하는가? 보다 구체적인 예를 들어 "'나만' 삶이 괴로운 것 같다."라는 말을 많이 하는가? "'그들도' 나처럼 똑같이 삶이 괴로울 수 있다."라는 말을 많이 하는가?

'나만'이라는 말을 '그들도'라는 말보다 더 많이 사용한다면, 그것은 당신이 비가 내릴 때 '나에게만 비가 많이 내린다.'고 생각하는 것과 유사한 사고방식을 가지고 있다고 볼 수 있다.

어느 날 내가 사는 지역에 비가 와서 빗속을 걷는다고 하자. 그 비는 공평하게 내가 사는 지역에 있는 모든 사람에게 똑같은 양으로 내릴 것이다. 살아가다 어떤 문제나 어려움에 봉착하는 것도 마찬가지다. 나에게만 그런 일이 생기는 건 아닐 것이다.

'빗속의 사람 그리기'라는 그림을 응용한 심리치료기법이 있다.

10명의 사람에게 하얀 백지와 연필, 지우개를 주고 "빗속의 사람 그림을 그려보세요."라고 하면 비슷하게 그릴 것 같지만 모두가 다르게 그린다. 어떤 이는 사람이 우산을 쓴 모습, 어떤 이는 비를 맞는 모습, 어떤 이는 찢어진 우산을 쓴 모습, 어떤 이는 큰 우산을 쓴 모습, 어떤 이는 작은 우산을 쓴 모습을 그린다.

풀이하면 비는 우리 인생의 스트레스이고 우산은 그것을 방어할 수 있는 보호 장비로 내적 자원이라고 할 수 있다. 비가 많이 내리는데 우산도 쓰지 않은 그림을 그렸다면 그 사람은 스트레스가 많은 데다 대처자원도 빈약한 사람일 수 있다. 객관적인 조건이 그렇다는 게 아니라 자신이 그렇다고 느끼는 것이다.

'나에게만 비가 많이 오는데 나는 아무것도 가진 것이 없어.'라고 생각하는 것은 '나에게만 힘겨운 일이 생기는데 나는 그것을 감당할 수 없어.'라고 생각하는 것과 같다.

반면에 빗속에 크고 튼튼한 우산을 쓰고 있거나 빗속을 씩씩하게 걸어가는 그림을 그렸다면 그는 적어도 나에게만 비가 오거나 나에게만 힘겨운 일이 생긴다고 생각하기보다는 비가 온다는 것을, 스트레스를 인정하고 대처자원을 찾는 사람일 것이다.

'왜 하필 나만 외로울까.', '왜 나만 괴로울까.' 하는 생각을 하는 것은 소외감과 고통을 더욱 크게 증폭시키고 대처자원을 찾는 데 써야 할 시간과 에너지를 빼앗아갈 수 있다.

심리상담을 통하여 심리치료사와 대화를 통해 주관적인 생각에서 벗어나 현실을 객관적으로 보게 되면서 '내 문제는 나만의 문제라는 생각에서 벗어나 우리의 문제'라고 생각의 변화를 경험하게 된다. 자신과 비슷한 문제를 안고 있는 다른 사람들의 이야기를 들으며 '나만 외롭고, 힘든 것이 아니구나.' 느끼게 되고, 위로를 받을 수 있다.

특히 커플(부부) 집단상담이나 조현병 환자 집단상담에서 '내가 남들과 다르지 않다.'는 보편성(Universalty)을 체험하는 경우가 많다고 한다. 예를 들어 커플 집단상담에서 누군가가 결혼 생활에 대한 불만, 즉, 고부 갈등, 금전 문제, 의사소통 문제 등을 토로하면 대부분 사람들이 '나만 그런 줄 알았더니 사는 것이 다 비슷하네.' 하는 생각을 한다는 것이다.

조현병 환자 집단상담의 경우도 비슷하다. 하나의 상황을 예로 들어보겠다.

한 사람이 말한다.

"나는 누군가가 나를 욕하는 소리가 들려."

그러면 다른 사람이 말을 받는다.

"너도 들려? 그렇구나. 나는 나에게만 들리는 줄 알았어. 그럴 때 너는 어떻게 이겨내?"

"나는 음악을 들어."

"나는 그냥 무시해버려."

"나는 친구처럼 생각해."

어떤 사람이 자신의 이야기를 하면 처음에는 경청하다가 돌아가면서 한 마디씩 자신의 경험을 이야기하거나 도움이 될 만한 말을 해주는 것이다. 알게 모르게 서로에게 도움이 되는 말을 하는 것이다.

이처럼 집단상담은 서로가 서로에게 정서적으로 지지하는 것을 넘어서서 나만 힘든 게 아니라 타인도 힘들다는 인간의 보편성을 깨닫게 되는 장이 되기도 한다.

나는 좀 더 많은 사람이 심리상담이나 집단상담을 통해 '나의 문제는 너의 문제이고, 우리의 문제이기도 하다.'는 보편성을 느끼고 마음의 위로를 얻을 수 있기를 바란다.

꼭 집단상담이 아니어도 괜찮다. 자기계발교육, 동아리, 모임 등에 참여하는 것도 좋다.

가족치료의 어머니라 불리는 미국의 심리학자 버지니아 사티어(Virginia Satir)는 "우리는 같음을 통해 연결되고, 다름을 통해 성장한다."라는 명언을 남겼다.

Healing Solution

- **나만 힘들다는 생각에서 벗어나기 위한 솔루션**

  1단계: '나만'이란 말과 '그들도 나처럼' 중 어떤 말을 많이 쓰는지 점검한다.

  2단계: '그들도 나처럼'이란 언어를 자주 쓴다.

Healing Tip _ 버지니아 사티어

미국 시카고 대학에서 정신의료와 사회사업을 전공하고, 시카고 심리분석 연구소에서 다년간 임상 경험을 쌓았다. 50여 년에 걸친 가족치료 경험과 교육, 훈련 경험을 근거로 사티어 모델을 발전시켰다. 캘리포니아에 위치한 팔로알토에 MRI(Mental Research Institute)를 설립했으며, 최초로 가족치료 훈련 프로그램을 만들어 세계 여러 나라에서 가족치료 워크숍을 개최했다.

자기통제력을 키워라

요즘 청소년과 청년들은 의지력과 관련된 문제 때문에 심리상담센터에 내방하는 경우도 상당히 많다.

지식과 정보가 부족한 것도 아니고, 물질과 기회가 부족한 것도 아니고, 일자리가 없는 것도 아니고, 가정환경이 나쁜 것도 아니다. 그들의 문제는 바로 자기통제력(self control)과 관련된다.

자기통제력이라 함은 눈앞의 작은 목표보다 좀 더 지속적이고 더 나은 목표를 달성하기 위해 현재의 충동이나 욕망을 조절하고 즉시의 만족감이나 즐거움을 지연시키는 능력을 말한다. 자기통제력이란 단어는 의지력, 정신력, 인내심과도 유사한 말이다. 자기통제력이 약한 이유는 자신의 정신을 통제해본 경험이 없어서일 수 있다. 애써 무언가를 찾을 필요도, 참을 필요도, 생각할 필요도 없이 어린 왕세자 앞에 신하들이 그에게 필요한 모든 것을 미리 갖추어주듯 길러져서일 수 있다.

이렇게 길러진 사람은 조금만 힘든 일이 생기면 미리 겁을 집어먹는다. 일을 시작해도 중도에 포기해버린다. 학원은 물론 심지어 학교나 군대도 중도에 포기하게 된다. 결국에 부적응자가 되거나 백수로 청춘을 보낼 수도 있다. 이들은 우연이나 운에 기대어 자신의 삶이 변화되기를 기대할 수 있다. 자신에게 100% 맞는 좋은 환경과 조건을 갖춘 직장을 찾으려고 할 수 있다.

그렇지만 그것은 불가능하다. 자신이 꿈꾸는 유토피아는 이 세상에 존재하지 않는다. 미국의 저명한 심리학자 앨버트 엘리스도 심리적으로 건강한 사람의 조건 중 하나가 자신이 꿈꾸는 것이 모두 이루어지는 유토피아가 존재하지 않음을 받아들이는 것에 있다고 했다. 자신이 바라는 모든 것을 얻을 수 없고, 자신이 이루고자 하는 모든 것을 이룰 수 없는 인간의 한계를 받아들이는 것이 좀 더 지혜로운 삶의 태도라는 것이다.

중국 최대 전자상거래 업체인 알리바바 그룹의 CEO 마윈이 남긴 명언 중에 특히 내가 좋아하는 말이 있다.

> "오늘은 고되고, 내일은 더 견디기 힘든 날일 수 있습니다. 하지만 그 다음 날은 햇살이 밝게 빛날 것입니다. 절대로 포기하지 마십시오(Never give up. Today is hard, tomorrow will be worse, but the day after tomorrow will be sunshine.)."

마윈의 이 말을 다음과 같이 바꾸어본다.

> "오늘은 괜찮다. 내일은 좀 더 괜찮다. 모레는 장밋빛이다. 세 번까지는 도전해보라."

이렇게 반복해서 도전하다 보면 어느 날 강인한 정신력의 소유자로 변화된 자신을 발견하게 될 것이다. 강인한 정신력의 소유자는 날씨 탓을 하지 않을뿐더러 자신이 처한 환경 탓을 하지 않을 것이다. 자신이 처한 삶의 조건을 수용하면서 방법과 해결책을 찾을 것이다.

Healing Solution

- **자기통제력(의지력)을 향상시키기 위한 솔루션**

1단계: 지금은 즐겁더라도 나중에 좋지 않은 결과를 낳는 일이라면 자제한다.

예) 놀기, 게임, 폭식, 음주, 흡연, 도박

2단계: 지금은 힘들더라도 나중에 좋은 결과를 낳는 일이라면 좀 더 증가시킨다.

예) 학습, 자기계발, 운동, 다이어트

자신의 자원에 집중하라

외국에서 오래 살다가 한국에 귀국한 한 청년이 나를 찾아왔다. 심리상담을 해보니 자존감은 낮고, 열등감은 높은 청년이었다. 부모, 형제와의 갈등도 심한 듯했다. 가족이 칭찬과 격려의 말을 하기보다는 "너는 왜 그것밖에 못하냐?" "너는 왜 잘하는 게 없냐?"는 등 비판과 비교하는 말을 많이 했다고 한다.

하지만 내가 보기에 청년은 어디에 내놔도 나무랄 데 없는 사람이었다. 외모도 단정한 편이었으며 말도 조리 있게 했다. 다만 자신감이 없어서인지 목소리가 작았다.

청년의 이야기를 더 들어보니 가족 중에서도 변호사인 아버지가 유난히 '쓸모없는 놈'이라거나 '머리 나쁜 놈'이라는 등 부정적인 말을 많이 했다고 한다.

나는 청년에게 지능검사를 받아볼 것을 권유했다. 지능검사 결과 청년의 IQ는 130으로 나왔다. IQ 130은 최우수 수준으로 동일 연령 성인 100명 중 상위 1~2% 정도에 해당한다. 쓸모없다거나 머리가 나쁘다는 것은 객관적인 사실이 아니었던 것이다. 그 청년은 심리검사를 받고 설명을 들으면서 객관적으로는 지능을 비롯한 심리적 자원이 동일 연령의 다른 청년들에 비해 괜찮다는 것을 알고 자존감이 일차적으로 회복되었다.

나는 추후 NLP(신경언어프로그래밍) 심리상담 기법을 통해 청년의 마음속에 있는 모든 부정적인 기억을 지우고 새로운 마음의 프로그램을 심어주었다. 그러자 어두웠던 청년의 얼굴 표정이 눈에 띄게 환해졌다.

그때 청년은 이렇게 말했다.

"저는 정말 새로 태어난 것 같습니다. 마치 부활한 듯한 느낌입니다."

나도 웃으면서 말해주었다.

"당신은 당신이 생각하는 것 이상으로 괜찮은 사람입니다. 사회적으로 가치기준이 높은 부모님 눈에 못나게 보였을 뿐이고, 그런 부모님 말에 영향을 받아서 자신에 대해 평가절하를 했던 것뿐입니다."

나는 청년과의 심리상담 경험을 통해 우리가 부정적인 기억을 자기치유나 심리상담을 통해 줄이거나 지울 수 있다면 새로운 삶을 살아갈 수 있다는 확신을 갖게 되었다. 또한 기적이나 부활과도 같은 효과를 얻을 수 있다는 것도 깨달았다.

사람은 자신이 생각하는 것 이상으로 많은 자원을 가지고 있다. 주변의 청년들을 살펴봤을 때 자신을 주위 사람과 비교하면서 자신에 대해 평가절하를 하는 등 자존감 문제를 안고 있는 이가 많았다. "나는 제법 괜찮아요. 나는 나를 있는 그대로 수용하고 사랑합니다."라고 말하는 이는 거의 보지 못했다. 자존감 문제를 안고 있는 청년들이 타인과 비교를 멈추고 스스로 칭찬과 격려를 함으로써 자신을 인정하고 사랑하는 사람이 되었으면 한다.

Healing Solution

- **이 세상에서 부활하기 위한 솔루션**

1단계: 과거의 부정적인 기억이 자주 떠오르지는 않는지 점검한다.

2단계: 부정적인 기억은 결코 현실에 도움이 되지 않는다는 것을 깨닫는다.

3단계: 부정적인 기억이나 생각은 버린다.

4단계: 평소 부정적으로 생각하고 있는 몸의 이미지도 상상으로 불태운다.

아무것도 바라지 말라, 당신은 자유로워질 것이다

소설 『그리스인 조르바』를 쓴 니코스 카잔차키스의 묘비에는 다음과 같은 문구가 적혀 있다고 한다.

'아무것도 바라지 않는다, 아무것도 두렵지 않다, 나는 자유롭다.'

철학자 디오게네스는 세계를 정복한 알렉산더 대왕이 자신을 찾아와 "원하는 것이 무엇이냐?" 물었을 때 이렇게 대답했다고 한다.

"아무것도 필요 없습니다. 다만 햇빛을 가리지 말고 한 발짝만 옆으로 비켜주십시오!"

카잔차키스나 디오게네스처럼 깨달음을 추구하며 자족하며 살아가는 자는 돈, 명예, 권력에 대한 욕심이 없으므로 두려울 것이 없다. 두려움은 세속에서 뭔가를 얻으려고 할 때 생기는 법이다. 이를 친구관계나 부부관계 등의 대인관계에도 적용해보라. 타인에게 큰 기대를 하지 않으면 두려워하거나 실망할 일이 줄어든다.

심리치료사인 나는 외적인 것보다는 편안한 마음을 추구하며 세상 사람들도 편안한 마음의 소유자가 되도록 돕는 일을 한다. 그래서 나 또한 그 누구의 눈치도 보지 않고 비교적 자유로운 삶을 살고 있는 게 아닌가 생각된다.

나의 대학원 시절 동기 중에 한 명이 어느 날 나에게 이런 이야기를 했다.

"언니, 난 사람에게 큰 기대를 안 해. 그러니 실망할 일도 크게 없어."

당시 25세였던 그녀는 외모도 매력적이었지만 성격을 비롯한 내면의 아름다움으로 인해 인기가 많았다. 나는 나보다 세 살 어린 그녀의 모든 것이 부럽기만 했다. 그녀를 생각하면 긴 갈색 머리를 귀 뒤로 넘기는 모습과 함께 "난 기대를 별로 안 해. 그러니 실망도 안 해."라는 말이 귓가에 생생하게 메아리친다. 친구나 연인, 부부 등 모든 인간관계는 상대에 대해 기대를 하기에 시작되지만 기대와 실망은 비례한다는 것을 염두에 둘 필요가 있다.

Healing Solution

• 마음의 자유를 얻기 위한 솔루션

1단계: 삶은 유한하다는 것을 염두에 둔다.

2단계: 부, 명예, 권력에 지나치게 집착하지 않는다.

3단계: 타인들에게 큰 기대나 집착을 하지 않는다.

4단계: 이별은 언제나 우리와 함께 한다는 것을 염두에 둔다.

Part 6

치유의 도구,
시

Healing Poem

달콤한 치유의 언어로

가을의 노란 꽃 온 세상을 뒤덮고
내 마음에는 슬픔의 독버섯이 퍼지네.

그대여!
달콤한 치유의 언어로
나의 심장을 열어
그 독버섯, 사라지게 하여주오.

–

시가 필요한 이유

나 당신에게 내 마음
다 표현할 수 없고
표현할 길이 없어
시가 필요하다.

나 살아가면서
느끼는 이런저런 상심들
사람들이 모두 위로해줄 수 없어서
시가 필요하다.

나 살아가면서
당신에게 차마 할 수 없었던 말
아프지 않게 표현할 수 있어서
시가 필요하다.

나의 시는
당신에게 하는 말,
나에게 하는 말.

나의 시는
결국 나와 당신을
위로하기 위한 치유의 도구.

시의 영혼을 지닌 사람

나의 영혼 어딘가에서는
언제부터인가 시가 샘솟는다.
실타래에서 풀어져 나오는 실처럼
끊임없이 시가 흘러나온다.

나는 생각해본다.
혹시 나의 영혼이 시를 잉태하고 있는 건 아닐까?

그러다가 또 생각해본다.
나의 영혼은
시를 잉태하고 있는 것이 아니다.
다만 나의 영혼의 문이 남들보다 더 많이
열려져 있는 건 아닐까?

아마도 신은 그 통로를 통해
자신의 메시지를 계속
보내고 있는 것이리라.

아침에 슬프게 하는 것들

아침의 회색빛 안개는
눈물이 흩뿌려진 듯 슬프다.

그 아침, 강가에 두루미 한 마리
아무 움직임 없이 외로움을 견디는 것이 슬프다.

그 아침, 강가 도로에 로드 킬 당한 검은 족제비
홀로 누워 있는 모습이 슬프다.

그 무엇보다 슬픈 건
아무것도 집착하지 않아야 하는 인간의 숙명.

인생의 시간도
지금 사랑하는 사람도
이 목숨도
언젠가는 사라지고
어디로 가는지 오는지 모르는
인간의 숙명이 가장 슬프다.

이제 나에게 필요한 것은

따뜻함이 뭔지 모르고 살았나 봐.
먹고 살기 위해 바빴나 봐.
가끔씩 짓는 미소는 진짜가 아니었나 봐.

감정을 제대로 주고받지 못하고 살았나 봐.
왼쪽 뇌로 주판알만 튕기고 살았나 봐.

진심을 표현하려고 하면
무언가가 막아서 멈칫, 멈칫.

이제 나에게 필요한 것은 따뜻함.
감정을, 진심을 자연스럽게 표현하는 것.

어디에도 속하지 않는 사람

당신은 여자인가요?
당신은 남자인가요?

당신은 호남 사람인가요?
당신은 영남 사람인가요?

당신은 불교 신자인가요?
당신은 기독교 신자인가요?

당신은 어른인가요?
당신은 어린아이인가요?

당신은 선생인가요?
당신은 학생인가요?

저 말인가요?
저는 어디에도 속하지 않는 사람입니다.
그저 조건에 따라 잠시 여기 있을 뿐입니다.

따뜻한 불빛이 그립다

찬바람이 분다.
잿빛 어둠이 온 도시를 삽시간에 뒤덮는다.

사람들은 따뜻한 불빛이 새어나오는
집으로 찾아든다.
마치 새끼 강아지 어미 개의 품을 파고들 듯이.

돌아갈 집이 없는 그 여자, 그 남자
긴 한숨 허공에 내뿜으며
그렁그렁한 눈동자로
불빛 나오는 집을 슬쩍 곁눈질하고는
술 취한 듯 갈지자걸음으로
바람 따라 홀로 사라져 간다.

불빛 새어 나오는 창가의 여인들, 사내들
그 모습 바라보며 낮게 중얼거린다.
"나도 바람 따라 홀로 걷고 싶다."

퇴근 후 잠들 때까지

퇴근 후 잠들기 전까지 당신은
무엇을 하는가?

TV를 보는가?
게임을 하는가?
술을 마시는가?
책을 보는가?
사랑하는 사람을 만나는가?

TV도 보지 않고
게임도 하지 않고
술도 마시지 않고
책도 보지 않고
사랑하는 사람도 없는 당신은
무엇을 하는가?

그냥 눈을 감고 일찍 잔답니다.
왜요?
그 시간을 견딤이 가슴 아리거든요.
마치 어두운 밤 신작로에 홀로 서서
일 나간 엄마가 돌아오기를 기다리는 아이처럼요.

깊은 밤에 홀로 깨어 생각해보니

깊은 밤에 홀로 깨어 생각해보니

내가 죽어서 남는 것은
이 한 줄의 시.
내가 죽어서 남기고 싶은 것도
이 한 줄의 시.

돈이나 명예나 훈장은
누구에게 보이고 싶지 않고
남기고 싶지 않아도
이 한 줄의 시는 누군가 보아도
부끄럽지 않을 것 같구나!

한 가지 더 바란다면
그동안 중얼거린 말들
사람들의 영혼이 진화하도록 돕는
마음의 약이 되었으면 하는 것.

깊은 밤에 홀로 깨어 생각해보니

내 몸이 사라졌을 때
부끄럽지 않을 것 같은 것은
이 한 줄의 시!

동안거

겨우내 수행을 한 수행자들은
봄이 되면 깨우침을 얻을 것이다.

겨우내 에너지를 비축한 나무들은
봄이 되면 나뭇잎을 피워낼 것이다.

겨우내 휴식한 산짐승들은
봄이 되면 짝짓기를 할 것이다.

나는
겨우내 칩거하며
치유의 시를 쓴다.
봄이 오면 그 치유의 시,
세상에 뿌려지고,
세상이 한층 더 밝아지리라.

자신만의 치유도구를 개발하라

사람마다 자기표현의 정도가 다르다.

자기표현을 잘하는 사람들은 심리적인 문제, 즉 우울증이나 불안증 등이 생길 확률이 상대적으로 적다. 웬만하면 마음에 있는 것을 담아두지 않고 표출하기 때문이다. 반면 자기표현을 잘 못하는 사람들은 심리적인 문제가 생길 확률이 상대적으로 높다. 마음에 있는 것을 밖으로 표출하지 않고 담아두기 때문이다.

그런데 표현력이 아무리 뛰어나다 해도 자신의 마음을 말로는 다 표현하기 힘든 것이 사실이다. 설령 내 마음을 다 내보였다 해도 있는 그대로 받아줄 수 있는 사람은 극히 드물다.

한편으로는 표현도 하지 않으면서 자신의 마음을 알아주기를 바라는 경우도 있다. 특히 여성들은 연인 또는 배우자가 내 마음이 괴로울 때, 외로울 때, 몸이 아플 때 눈빛만 보고도 자신의 마음과 몸 상태를 알아주었으면 한다. 상대가 알아주지 않으면 투정을 부리고 짜증을 낸다. 그러다 말다툼을 하게 되고, 말다툼이 번져 크게 싸우기까지 하는 것이다. 한마디로 말하면 사랑한다면 말하지 않아도 마음을 다 알아줘야 한다는 것이다. 이처럼 내 마음은 모두 표현할 수도 없고, 상대의 마음을 알기는 더욱 어렵다.

마음에 문제가 생겼을 경우 자기만의 치유공간과 시간이 필요하듯 마음을 다 내보일 수 없어 답답할 때는 자신의 마음을 표현할 수 있는 또 다른 무엇, 즉 자기만의 치유도구가 필요하다.

그 치유도구는 사람의 성격이나 성향, 자라온 환경, 취미 등에 따라 제각각 다를 것이다. 나의 경우는 시쓰기이지만 어떤 사람은 그림그리기, 어떤 사람은 음악듣기, 어떤 사람은 춤추기일 수 있다. 단지 시간을 즐겁게 보내는 것으로 끝나기보다는 하나하나의 과정이 모여서 성취로 연결될 수 있는 취미활동이면 더욱 좋을 것이다.

Healing Solution

- **자신만의 치유도구를 개발하기 위한 솔루션**

1단계: 직업활동 이외의 취미를 개발한다.

2단계: 취미는 큰 비용 없이도 언제나 쉽게 접근 가능한 것을 고른다.

3단계: 활동의 결과물이 모여서 추후 성취로 연결될 수 있는 것을 고른다.

Part 7
자기성찰

Self Healing Book

누구인가?

이 세상에서 나를 불쌍히 여겨줄 이는 누구인가?

이 세상에서 나를 눈물 어린 눈동자로
바라봐줄 이는 누구인가?

이 세상에서 나와 같이 내 마음을
알아줄 이는 누구인가?

이 세상에서 나를 사랑해줄
단 한 사람은 누구인가?

–

밝음과 어둠에 대하여

어둠 속에서 살아가는 동안에는
자신이 어둠 속에 갇혀 있다는 것을 알지 못한다.
어둠 속에서 빛을 보고
밝음의 세계가 있음을 알고
그 세계로 나아가야만
자신이 어둠 속에서 살았다는 사실을
비로소 깨닫게 된다.

고통에 빠져 허우적거리는 사람들도 가끔
어둠 속에서 밝음으로 나오기도 한다.
그러나 그것은 잠시일 뿐
다시 원래 위치인 어둠 속에 갇히게 된다.
어둠 속에서 살았다는 것을 깨닫고
밝음으로 나오는 한 방법이 자기성찰이다.

자기성찰을 통하여 빛을 보고 밝음에 머물게 되면
어둠이 찾아오더라도 그것을 알아차리고
그 속에 머무는 시간이 짧아지게 된다.

우리 내면에는 일정 부분 어둠이 존재한다.
누구나 삶의 고통을 경험하기 때문이다.
다만 사람마다 어둠의 깊이에 있어서 차이가 있을 뿐이다.

자기성찰을 통하여 빛을 보고 밝음에 머물게 되면
더는 예전과 같은 깊은 어둠 속에 갇혀 있지 않게 된다.

빛을 보고 밝음에 머무는 방법을 깨달았기 때문이다.

낮과 밤

낮에는 몸이 있어 그 몸을 위해
무언가를 움켜쥐려 한다.

밤에는 몸이 휴식하니
영원을 생각하게 된다.

사람들은 누구나 몸이 있어
살아 있는 동안 그 한 몸을 위해
좋은 옷 걸치고 좋은 음식 먹으려 한다.

그것을 욕심이라고 비난하기도 하지만
한 생명을 유지하기 위해서는
어쩔 수 없는 일.

밤이 되면 그 욕심 사라지고
영원을 생각하게 된다.

내일 눈을 뜨면
사람들과 좀 더 나누리라.

기다린다는 것

삶은 기다림의 연속이다.

어린아이였을 때는
일하러 나간 엄마를
신작로에 서서 하염없이 기다렸다.

초등학교 때는
친구가 우리 집에 오기를
하염없이 기다렸다.

중학교 때는
짝사랑하던 남자애를
다시 볼 순간을 하염없이 기다렸다.

고등학교 때는
연애편지의 답장이 오기를
하염없이 기다렸다.

어른이 되었을 때는
합격 소식을,
사랑하는 사람을
하염없이 기다렸다.

몸과 마음이 아파 시골집에 돌아왔을 때도
매일 툇마루에 나와 앉아
무엇인가를 하염없이 기다렸다.

툇마루에 앉아서
내가 하염없이 기다린 건 무엇이었을까?

이제 와서 생각해보니
그것은 아마도 희망 아니었을까?

생이 끝나는 날까지
사람이 하염없이 기다리고
놓지 말아야 하는 것,
그것은 희망이라는 두 글자 아닐까?

겨울의 한복판, 오늘 밤에도
다가올 봄을 기다린다.
희망을 기다린다.

너무 멀리 왔나 봐

너무 멀리 왔나 봐
순수한 내 모습으로부터.

너무 높이 왔나 봐
본래의 내면의 키보다.

너무 많이 걸치고 있나 봐
나를 포장하는 겉치레를.

너무 많아졌나 봐
이런저런 말들.

너무 달라졌나 봐
내면과 외면의 모습이.

이제는 제대로 살아봐야겠다.

눈물이 자꾸 흐른다.

살아봐야겠다

살아봐야겠다.

사무치게 외롭더라도
존중받지 못하더라도
사랑받지 못하더라도
돈이 많지 않다고 해도

배신당했다 해도
절망적이라 해도
못났다 생각되더라도
마음이 괴롭고 아프더라도
일이 잘 안 풀린다 해도

어느 휴일
연락하는 이가 한 명도 없어
너무 쓸쓸하다는 생각이 든다 해도

이 삶이 끝나는 날까지
절대로 죽지 말고
이 악물고 살아봐야겠다.

지금 혼자인 당신에게

어느 날이었다.
영혼을 울리는 음악이 들렸다.
햇살이 창을 두드리며 노래하고 있는 것이었다.
그 순간, 모든 존재와 하나가 되었다.

'아, 혼자인 게 이렇게도 좋은 것이로구나!'

아무런 소음 없이 고요히
모든 것과 하나가 될 수 있음은
홀로인 당신이 누릴 수 있는 특권.

그대여!
혼자라고 외롭다 불평 말고
자기계발을 해보면 어떨까.

나는 이제 더 이상 외롭지 않다

나는 이제 더 이상 외롭지 않다.
나는 더 이상 마음속의 부모를 찾지 않는다.
나는 더 이상 마음속의 자식을 찾지 않는다.
나는 더 이상 마음속의 연인을 찾지 않는다.
자는 더 이상 마음속의 형제를 찾지 않는다.
나는 더 이상 마음속의 친구를 찾지 않는다.
나는 더 이상 마음속의 스승을 찾지 않는다.
나는 더 이상 마음속의 제자를 찾지 않는다.

그러므로 나는 더 이상 외롭지 않고,
세상을 위해 좀 더 유익한 일을 할 수 있으리라.

가끔 내면의 동굴로 들어가보라

가끔 커튼을 드리우고
동굴에 들어가듯
방구석에 웅크리고 있어보면
모든 것이 부질없게 생각된다.

왜 그토록 힘차게 내달렸지?
왜 그토록 크게 소리를 질렀지?
왜 그토록 화려하게 치장했지?
나는 왜 사는 거야?

일어서서 커튼을 열어젖히고
동굴 속에서 세상으로 나오면
한결 순해진 얼굴로 중얼거리게 된다.

'착하게 살자.
너무 욕심부리지 말자.
한세상 살아봐야 얼마나 살겠는가.'

그대여!
가끔 내면의 동굴로 들어가
한 마리 짐승처럼 웅크리고 있어보라.
한결 순해진 눈동자로 세상을 보게 되리라.

우리는 천년만년 살지 않는다

우리의 삶은 영원하지 않다. 우리 모두 언젠가는 죽는다. 그러니 영원히 살 것처럼 행동하는 것은 현재의 삶에 도움이 안 될 때가 많다. 이따금 자신의 내면을 들여다보며 스스로에게 '죽음 이후의 삶은 어떨까?' '내가 내일 죽는다면 오늘 무엇을 해야 할까?' '내가 죽었을 때 가족이나 친척, 지인들이 내 장례식에 와서 무슨 말을 할까?' '내가 죽은 뒤에 이 세상에 남길 수 있는 것은 무엇일까?' 질문을 던지고 그것에 대해 깊이 생각해볼 필요가 있다. 그러면 삶이 유한하다는 자각을 하게 되고, 자신의 삶의 마지막 모습을 생각해보면서 현재 자신이 무엇을 하고 어떤 행동을 해야 할지도 더욱 분명해질 것이다.

심리치료나 최면을 하다 보면 '저항'이라는 현상이 생긴다. 변화하고 싶은 마음과 현상을 이대로 유지하고 싶은 마음과의 갈등이다. 이때 '현 상태가 계속 유지된다면 어떨까요? 1년 뒤, 5년 뒤, 10년 뒤, 50년 뒤, 죽는 순간을 상상해보실까요?'라고 말하면 대부분의 내담자들은 변화와 현상유지 사이에서 변화를 선택한다. 따라서 현재를 살면서 죽음, 삶의 유한성을 자각하는 것은 유용하다.

신작 소설 『죽음』을 출판하면서 한국을 찾은 프랑스의 베스트셀러 소설가 베르나르 베르베르는 출간기념 기자간담회에서 이렇게 말했다.

"우리가 왜 태어났을까, 죽으면 어떤 일이 펼쳐질까라고 스스로 질문하지 않으면 우리의 삶은 무의미하다. 나는 누구인가에 대한 질문을 많이 던질수록 우리는 좀 더 지적으로 될 수 있다."

Healing Solution

- **현재에 집중하기 위한 솔루션**

1단계: 과거의 일에 대해 후회하는 시간을 줄인다.

2단계: 미래의 일에 대해 걱정하는 시간을 줄인다.

3단계: 내 삶의 마지막 모습을 상상해본다.

4단계: 지금 여기 이 순간에 해야 할 일, 곁에 있는 사람에게 집중한다.

인간은 살아 있는 한 희망을 향해 진화한다

우리는 매일 누군가를 만나고 헤어진다. 그리고 기다린다.

어딘가를 가기 위해 택시나 버스, 지하철을 탈 때는 물론 은행이나 병원, 약국, 놀이공원, 영화관에 가서도 번호표를 뽑고 순서를 기다려야 한다. 한마디로 삶은 기다림의 연속이다.

이런 일상의 기다림 이외에도 우리가 기다려야 할 것은 희망의 날이다.

우리가 죽는 날까지 놓지 말아야 할 것은 자신의 삶이 나아지리라는 희망, 언젠가는 행복이 올 거라는 긍정적인 기대가 아닐까.

부질없는 바람이라 할지라도 희망이 사라지면 스스로 살아갈 힘을 잃게 된다. 사랑하는 사람이 죽거나 사업에 실패해서 절망에 빠져 있는 사람에게 가장 필요한 것은 희망이다. 새로운 사랑이 올 거라는 희망, 보란 듯이 재기할 수 있을 거라는 희망이 살아갈 용기를 주는 것이다.

나 또한 내담자에게 첫 번째로 이야기하는 것이 바로 희망이다. '나와 함께하면 당신은 무기력증에서, 우울증에서, 불면증에서, 공황장애에서, 트라우마에서 벗어날 수 있다.'는 메시지를 준다. 다시 말해 희망을 고취시키는 것이다.

나는 상담장면에서 그 메시지 자체가 치료 효과로 작용하는 경우를 많이 봐왔다. 이를 달리 표현하면 일종의 '플라시보 효과(placebo effect)'라고 할 수 있다. 플라시보 효과는 환자의 긍정적인 믿음 등 심리적인 요인에 의해 병세가 호전되는 현상을 말한다.

나는 심리상담센터를 차리기 전에 정신과병원에서 근무한 적이 있다. 그때 알게 된 두 명의 환자를 몇 년 후 정신병동이 아닌 다른 곳에서 우연히 만났다.

한 사람은 알코올중독에 조현병을 앓고 있는 여성 환자였는데, 다시 나를 만났을 때는 포항 시내 장애인 일자리 커피전문점 히즈빈스에서 바리스타로 일하고 있었다.

"선생님. 저예요. 기억하세요?"

그녀는 주문대 앞에 선 나를 반갑게 맞이하며 물었다. 나는 깜짝 놀라 그녀를 쳐다보았다. 생기 없는 표정으로 절망의 나날을 보내던 그녀의 눈동자에는 희망의 빛이 반짝이고 있었다.

그때 문득 나의 마음에 '인간은 살아 있는 한 희망을 향해 진화한다.'는 메시지가 떠올랐다.

다른 한 사람은 지적 장애에 조현병을 앓고 있는 여성 환자였는데 다시 나를 만났을 때는 정신 지체 및 청각 장애 학생들을 교육하는 특수학교에서 직업 교육을 받고 있었다.

"안녕하세요, 선생님."

그녀는 재능 기부로 학생들의 지능 검사를 마치고 나오는 나에게 다가와 반갑게 인사를 했다. 나도 그녀에게 인사를 건네고 물었다.

"요즘 어떻게 지내세요?"

"여기서 직업 교육도 받고 좋아요. 행복해요. 교육 끝나면 직장도 가질 거예요."

그녀는 밝게 웃으며 대답했다.

그때 나는

'아무리 힘든 일이 있어도 결코 삶을 포기하지 않고 계속 살아가다 보면 희망의 그 날이 온다.'는 것을 다시 한번 깨닫게 되었다.

한순간 이런저런 이유로 죽을 만큼 힘든 상황에 처해서, 이제 내 인생은 끝났다는 생각이 들더라도 "내일은 괜찮을 거야, 내일은 좀 더 나아질 거야." 중얼거려보라. 마음이 변화되면서 몸에도 힘이 솟기 시작할 것이다.

인간이 희망이라는 단어를 만든 것은 실제로 현실에서 일어나는 일이기 때문이다. 따라서 희망이라는 단어를 마음속에 새기고 살아간다면, 마음과 몸에 긍정적인 에너지로 작용해서 희망하는 그날을 맞이하게 될 것이다.

Healing Solution

- **희망을 향해 나아가기 위한 솔루션**

  1단계: 희망을 포기하지 않는다.

  2단계: 긍정과 부정의 길 중에서 긍정의 길을 선택한다.

  3단계: 긍정적인 생각, 긍정적인 말, 긍정적인 행동을 매일 한다.

  4단계: 몸에도 좋은 것을 먹는다.

  5단계: 긍정적인 영향을 주는 사람을 만난다.

  6단계: 목표를 세우고 자기암시를 한다.

  7단계: 매일 작은 성취를 한다.

더 이상 외부의 친구나 스승을 찾아다니지 마라

나는 어렸을 때 사면이 산으로 둘러싸인 작은 동네에서 살았다. 그 산의 동쪽에서 해가 뜨고 서쪽으로는 해가 졌다. 가끔씩 산봉우리에는 흰 구름도 머물다 가고, 비가 오고 난 뒤에는 신비스런 빛깔의 무지개도 떴다가 사라지곤 했다. 나는 부모도 있었고 8남매 중 일곱 번째였는데 부모님은 늘 농사일로 바쁘셨다. 독서를 많이 하여 나름 정신적으로 조숙했던 나는 또래들이나 형제자매들과는 무엇인가 소통의 한계를 느꼈던 것 같다. 가슴속에서 어떤 대상을 그리워하고 갈망했다. 지금 생각해보면 어릴 때 나의 가족들은 감정이 풍부하고 다정하면서도 그것을 말로 표현하고 소통하는 것이 서툴렀던 것 같다.

그때부터 산 너머를 바라보며 "내 마음을 알아주고 나와 소통이 가능한 사람들이 어디엔가 있을 거야, 큰바위 얼굴 같은 스승을 언젠가 만날 거야."라고 중얼거리며 공상을 통해 마음의 위안을 얻었다.

아마도 어렸을 때부터 이 세상에 내 마음을 모두 알아줄 사람이 있을까 의문을 가지면서도 내 마음을 이해해주고 소통이 잘 되는 사람들이 어딘가에 있을 거라는 믿음도 있었던 것 같다. 그래서 열심히 공부해서 저 산을 넘어 넓은 도시로 가서 그런 사람들을 찾는 공상을 했었다.

어른이 되어 마음공부와 심리학공부를 하면서 내가 찾아 헤맨 사람들은 자신의 생각과 감정을 솔직하게 표현하고 경청도 잘하는 의사소통이 잘되는 사람들이 아니었나 생각하게 되었다.

그리고 '내 마음을 알아줄 사람은 이 세상에 없다. 내 마음을 온전히 알아줄 사람은 그 누구도 아닌 바로 나 자신이다.'는 통찰을 얻게 되었다.

그리고 나를 이끌어줄 지혜로운 스승을 만나기를 바랐었는데, 이제는 내가 누군가에게 멘토나 현자가 되었으면 하고 바란다.

우리는 누군가가 나를 사랑해주고 인정해주기를 바라는 마음을 멈추었을 때 진정한 어른이 된다.

더 나아가 누군가가 나를 이끌어주기를 바라거나 스승을 찾는 일을 멈추었을 때 인격적으로 더 훌륭한 사람, 그릇이 더 큰사람이 될 수 있다.

"마음공부의 마지막 단계는 자신의 잠재의식을 알아차리고
잠재의식과 친구가 되는 것이다."

Healing Solution

- **큰사람이 되기 위한 솔루션**

1단계: 타인으로부터 인정받고 사랑받고자 하는 마음을 멈춘다.

2단계: 자기중심적인 생각에서 벗어나 타인을 좀 더 배려한다.

3단계: 외부에서 친구나 스승을 찾아 헤매는 것을 멈춘다.

4단계: 자신의 잠재의식과 친구가 되어 지혜롭게 살아간다.

5단계: 타인에게 멘토나 스승 역할을 한다.

사람은 알고 보면 모두 불쌍한 존재다

나는 우울증 문제로 찾아온 여성에게 앞에 나오는「살아봐야겠다」는 자작시를 보여주며 본인에게 해당하는 항목이 있느냐고 물었다. 시를 다 읽은 그녀는 자신이 10가지 항목에 모두 해당한다고 대답했다.

"이 시는 제가 3년 전 어느 날 쓴 시입니다. 당시 나의 솔직한 마음을 시로 표현해본 것입니다."라고 내가 말하자 그녀는 크게 고개를 끄덕였다. 안도감을 느끼는 것 같았고 위로를 받은 듯했다.

앞의 시를 읽으며 자신에게 해당하는 구절이 있으면 동그라미 쳐보라. 적어도 하나 이상은 해당될 것이다.

사람들의 속사정은 겉보기와 다를 때가 많다.

나는 30대 초반에 서울에서 직업이 헤드헌터인 사람을 만난 적이 있는데 대화가 잘 통해서 한동안 교류하며 지낸 적이 있다. 그가 한 말 중에 기억나는 한마디는 "내가 위로부터 아래까지 수많은 사람들과 술을 마셔보았는데 사람들은 모두 불쌍해."라는 말이었다. 결국 술 먹고 자신의 속사정을 이야기하다 보면 지위 고하를 막론하고 인간이라는 존재로 이 한세상을 살아갈 때 힘겨운 점이 있다는 것이다.

사람들은 음식점에서, 술집에서, 커피숍에서 환한 얼굴로 학교 친구 또는 직장 동료들과 웃고 떠들며 즐거운 시간을 보내는 이들을 보면 '저 사람 참 행복해 보인다.'는 생각을 하게 된다. 자신이 그다지 행복하지 않다면 그들과 자신을 비교하고 '저 사람은 친구도 많네. 나만 힘든 것 같아.' 하며 몹시 부러워한다.

그러나 그 사람은 실제로는 친구가 별로 없을 수 있다. 학교 친구 또는 직장 동료와 어쩌다 한 번 모였을 수도 있다. 평소에는 남들과 다름없이 평범하게 보냈는데 마침 그날이 생일이거나 결혼기념일 혹은 회사에서 회식을 한 날일 수도 있다.

타인과의 비교는 스스로를 힘들게 한다. 1억 원을 가진 사람은 2억 원을 가진 사람이, 2억 원을 가진 사람은 3억 원을 가진 사람이 부럽다. 부러움은 시기, 질투로 번질 수 있고, 시기와 질투는 마음을 괴롭힌다. 따라서 마음이 편해지려면 타인과의 비교를 멈춰야 한다. 타인과의 비교를 멈추기 시작했다면 자신만의 행복으로 향하는 첫걸음을 뗀 셈이다.

'행복'도 '희망'이라는 단어처럼 우리보다 먼저 살다 간 누군가가 실제로 경험했기 때문에 언어로 존재한다. 현재 불행한 상황에 놓여 있다고 해도 행복한 사람이 되기를 포기하지 않는다면 행복을 향유하는 그날은 오기 마련이다.

"오늘은 행복하다. 내일은 더욱 행복하다.
모레는 장밋빛 미래가 펼쳐진다."

Healing Solution

- **행복한 미래를 위한 솔루션**

1단계: 타인과의 비교를 멈춘다.

2단계: 나의 장점, 자원 및 강점을 찾아보고, 내 곁의 소중한 사람들을 헤아려본다.

3단계: "~에 감사합니다."라는 말을 반복해본다.

외로움을 잘 견뎌야 성취의 열매를 맛볼 수 있다

어떤 사람들은 혼자 있는 것을 못 견뎌 한다. 그러나 우리는 혼자 있는 것을 즐길 줄 알아야 한다. 혼자 있는 시간을 유용하게 보내면 마음속에 내공이 쌓여 타인과의 만남의 시간을 의미 있게 보낼 수 있고, 공유할 수 있는 것도 많다.

반면에 마음속에 쌓인 내공이 별로 없는 상태에서 타인과 만나면 내공은 곧 바닥을 드러내고, 공유할 부분도 별로 없다. 그러다 보면 할 말이 별로 없어 말도 잘 하지 않게 되고, 개성 없고 매력적이지 않은 사람으로 비칠 수 있다.

내가 아는 지인 중에 종종 "혼자서 여행 갔다 왔어." "혼자서 영화 봤어." "혼자서 전시회에 갔어."라고 말하는 사람이 있었다. 그녀가 대인관계가 원만하지 않아서 같이 다닐 동료나 배우자가 없어서 혼자 다닌 것은 아니었다. 그녀는 가만히 보면 무엇인가 묘한 매력이 있어서 더 알고 싶고 자꾸 만나고 싶어졌다. 그녀의 이야기에는 참신하고 재미있는 내용이 많았기 때문이다. 이렇듯 혼자 있는 시간을 잘 보낸다는 것은 동성을 비롯한 이성에게 매력적인 사람으로 비칠 수 있고, 화젯거리도 풍부하므로 인기가 있어서 사랑에 있어서도 승리자가 되는 길일 수 있다.

혼자 있는 시간을 잘 보내는 것은 특히 젊은이들에게 필요한 일이다. 외롭다고 느껴질 때마다 게임을 하며 무의미하게 시간을 보내거나 친구들과 어울려 술 마시면서 보내다 보면 무미건조하고 발전이 없는 삶을 살아가게 된다. 그 결과, 성취나 목표를 이루는 것과는 거리가 멀어지게 된다.

반대로 혼자 있는 시간에 취미생활을 하거나, 자기계발을 통해 사회에서 필요로 하는 능력을 키워 나가면 시간이 지나면서 결과물이 쌓이게 된다. 목표로 하는 취업이나 사회적인 성공도 이루기가 쉬워진다.

Healing Solution

- **외로움을 극복하기 위한 솔루션**

1단계: 외로움으로 자신을 해치는 행동을 하고 있지 않나 자문한다.
예) 술, 게임, 도박, 이성집착 등

2단계: 외로울 때 할 수 있는 유익한 행동을 하나 선택한다.
즐거우면서도 미래의 꿈과 관련된 행동이면 더 좋다.

3단계: 외로울 때 했던 유익한 행동들이 어느 날 성취라는 결실을 맺게 된다.

무시해도 좋은 사람은 아무도 없다

마음이 착하고 여린 사람들이 누군가에 의해 몸과 마음에 상처를 반복해서 받게 될 때 역으로 행동하는 경우도 보게 된다. 막다른 골목에 몰리면 쥐도 고양이를 무는 것처럼 꾹꾹 눌러 참다가 어느 순간 자기도 모르게 폭발하는 것이다. 피해자가 가해자가 될 수 있다는 것이다.

착한 사람을 도와주지는 못할망정 그 부분을 약점 삼아 함부로 대하고 이용하려는 사람도 있다. 예를 들면 중고등학생의 경우 약해 보이는 친구에게 강제로 심부름을 시키거나 때리거나 돈을 빼앗기도 한다. 직장인의 경우도 착한 사람에게는 자신의 일을 떠넘기거나 개인적인 일을 시키거나 심지어는 실적을 빼앗기도 한다.

얼마 전에는 생명을 다루는 병원에서 '태움 문화' 때문에 스스로 목숨을 끊은 간호사도 있었다. 태움이란 '영혼이 재가 될 때까지 태운다.'는 뜻이라고 한다. 주로 대형병원에 근무하는 간호사들 사이에서 쓰이는 용어로 선배 간호사가 신임 간호사에게 교육을 시킨다는 명목하에 욕설과 폭력, 인격 모독 등을 가하여 정신적, 육체적으로 괴롭히는 것을 의미한다고 한다.

이런 경우 당하는 입장의 사람들은 억울한 마음이 쌓이면서 피해의식에 사로잡히게 된다. 피해의식이 커지면 타인에 대해 지속적으로 불신과 의심을 갖는 편집성 성격 장애나 타인에게 부당한 박해를 받고 있다고 생각하는 망상 장애(피해망상), 공격성 충동을 억제하지 못하는 간헐적 폭발성 장애로까지 발전할 수 있다. 그러다 결국에는 자해나 자살을 하여 자신을 해치거나 타인에게 공격적인 언행을 넘어서서 생명을 위협하거나 해치게 될 수도 있다.

이렇듯 약자나 피해자가 어느 순간 가해자가 되는 내용을 다룬 영화나 드라마는 많이 있다. 나는 몇 년 전 「김복남 살인사건의 전말」이란 영화를 우연히 보게 되었다.

영화의 내용은 다음과 같다.

섬마을 무도에 사는 영화의 주인공 복남(서영희 분)은 매일같이 남편에게 얻어맞고, 하루 종일 노예처럼 일하고, 시동생에게 성적인 학대까지 받는다. 그러나 마을 사람들은 복남이 처한 상황을 모른 척한다. 복남은 서울의 한 은행에서 비정규직으로 일하다 휴가를 온 어릴 적 친구에게 자신과 딸을 서울로 데려가 달라고 간곡히 부탁하지만 그녀마저 복남의 청을 냉정하게 거절한다.

결국 복남은 딸과 자신을 지키기 위해 도망치다가 남편에게 걸려 마을 사람들이 보는 앞에서 심하게 두들겨 맞는다. 엄마를 구하려고 아버지의 허벅지를 문 딸은 그에게 밀쳐져서 돌에 머리를 부딪혀 죽는다.

복남은 딸의 죽음에 큰 충격을 받지만 마을 사람들은 여전히 복남을 외면한다. 그러자 여태껏 힘겹게 참아왔던 복남의 분노가 마침내 폭발하고야 한다. 햇살이 눈부신 어느 날, 복남은 낫 한 자루를 집어 들고 마을 사람들을 한 명씩 죽이기 시작해서 끝내는 모두 죽이고 만다.

제목 때문인지 실화를 모티프로 했다는 이야기도 있는데 영화를 연출한 감독의 말에 의하면 실화는 아니라고 한다.

영화의 주인공 복남이 사람을 죽일 때 반복해서 하는 대사가 있다.

"당신은 너무 불친절해."

타인을 도와주거나 배려해주지는 못할망정 불친절한 어투나 피해를 주는 행동에 대한 섬뜩한 경고의 말이다.

심리상담센터의 사례 중에서도 말끝마다 타인의 말을 트집 잡는 사람, 수시로 심하게 화를 자주 내는 분노문제로 온 사람, 술을 마시면 평소 온순하던 이가 헐크처럼 바뀌어 다중인격자(전문용어: 해리성 정체감 장애)처럼 생각되는 사람도 있었다. 현재의 겉으로 드러난 행동만 본다면 심리적 문제나 장애를 지닌 사람으로 볼 수 있는데, 그 사람들의 이야기를 잘 들어보면 원래는 착한 사람이라는 공통점이 있었다.

착하다는 것을 빌미로 사람들이 무시하고, 이용하려 들면 그 사람은 당연히 마음에 상처를 입게 된다. 억울함과 미움이 쌓이다가 괴롭히는 정도가 심하면 상대를 죽이고 싶을 마음이 들 때도 있을 것이다.

하지만 그렇다고 해서 자신에게 상처 입힌 사람들에게 똑같이 되돌려주려고 상처를 주거나 공격적인 행동을 해서는 안 된다. 진정한 복수는 그 사람보다 더 잘되어 보란 듯이 잘 사는 것이다. '두고 보자.'란 말이 있다. 무시하고 이용당하지 않도록 몸과 마음을 단련시켜서 나를 무시한 사람보다 성공하는 것이다. 성공한 뒤에는 약자를 괴롭히는 사람이 아니라 약자를 돕는 착한 강자가 되는 것이다. 얼마나 멋지고 통쾌한 복수인가?

자신이 강자라고 생각된다면 타인을 배려하는 마음을, 자신이 약자라고 생각된다면 심신을 단련하는 노력이 필요하다.

Healing Solution

• **마음이 강한 사람이 되기 위한 솔루션**

1단계: 마음이 여리고 지나치게 착하게 행동하고 있는지 점검한다.

2단계: 착한 사람보다는 강하고 현명한 사람이 되기로 결심한다.

3단계: 참기보다는 자기주장을 조금 더 한다.

4단계: 남 생각을 너무 많이 하는 것에서 자신을 먼저 챙기는 행동을 늘린다.

외부활동과 자기성찰의 균형이 필요하다

영적인 삶을 추구하는 이들 중에는 인간이 이 세상에 온 것은 완성되지 않아서라고 이야기하는 사람들이 있다. 완성을 위하여 이 지구라는 별에 반복해서 온다고 한다. 그렇게 보면 이 지구라는 별은 인격 완성을 위한 거대한 공부방일 수 있다. 이곳에서 만나는 사람 한 명, 한 명은 나에게 무엇이 부족하고 무엇이 필요한지를 알려주는 스승인지도 모른다.

사람들이 어딘가에 가서 누군가를 만나는 것은 그 사람으로부터 사랑, 우정, 지식 등 정신적인 것을 비롯하여 음식, 옷, 돈 등 물질적인 것을 교환하거나 얻기 위해서인 경우가 많다. 그곳이나 그 사람에게 자신이 필요한 무언가가 없다면 굳이 그곳에 가서 그 사람을 만나려 하지 않을 것이다.

그러니 애인이든, 남편이든, 자식이든, 직장 동료든, 낯선 사람이든 나를 힘들게 하는 이가 있다면 그 사람은 내 마음에 무엇이 있는지, 무엇을 배워야 하는지 알려주는 사람이 아닌가 생각해볼 필요가 있다. 따라서 그 사람은 오히려 고마워해야 할 대상일 수 있다.

방안에 혼자 조용히 앉아 나에 대해 생각하는 시간도 필요하다. 그러나 세상에 나가서 이런저런 사람을 만나는 것도 큰 공부가 될 수 있다. 두 가지의 적절한 균형이 필요하다.

Healing Solution

- **인격완성을 추구하기 위한 솔루션**

1단계: 자신이 외부의 물질만을 좇으며 마음이 거칠어졌는지 자문한다.

2단계: 내면으로 눈을 돌리는 작업을 시작해본다.
예) 명상, 일기 쓰기, 산책하기 등

3단계: 나의 시간과 에너지를 정신적인 것과 물질적인 것에 균형을 맞추어 배분한다.

Part 8
신이시여

Self Healing Book

신의 메시지

신은 한때 모든 것을 주셨다.
그러다 모든 것을 빼앗아 가시고
철저히 좌절시키셨다.
그리고 다시 주셨다.
그토록 원하는 사랑만 빼고.

그것은 신을 기억하라는 메시지.

그래서 이제 신에게로 나아간다.

–

마지막 선물

신은 나에게 노래하고 재잘거리는 능력을 주었다네.
신은 나에게 글 쓰는 재주를 주었다네.
신은 나에게 건강한 몸과 에너지도 주었다네.
신은 어려움을 헤쳐 나갈 수 있는 지혜와 용기도 주었다네.

그러나 아직 안 주신 것,
나에게 없는 것이 하나 있네.

삶의 한계, 인간의 한계를 깨닫고
가장 약한 자가 되어
당신 앞에 엎드렸을 때 주신 그것.

당신이 준비한 마지막 선물,

그것은 바로 '사랑'이었네.

몸살이 오는 이유

몸살이 오는 이유는
몸을 잠시 쉬라는 것이다.

몸살이 오는 이유는
인간의 약함을 알려주는 것이다.

몸살이 오는 이유는
당신이 사랑하는 사람이
몇인가 헤아려보라는 것이다.

몸살이 오는 이유는
물질과 욕망만을 쫓는 눈
잠시 감게 하고
움켜쥐고 질주하려는 손발
잠시 멈추고
내면을 돌아보라는 것이다.

몸살이 오는 이유는
가만히 내버려두면
신이 되려고 날뛰는
인간에 대한 신의 경고인 것이다.

그러니 그대여!
몸살이 오면
병이라고 법석 떨지 말라.

눈을 감고
가만히 몸과 마음의 신호를 들어보라.
하늘의 별을 헤듯
사랑하는 사람을
한 명 두 명 헤아려보라.

가장 중요한 것은
신을 향해 잘났다고 고개를 높이
쳐들지는 않았는지 살펴보라.

가장 낮게 엎드렸을 때

내가 신을 향해 잘났다고
가장 높이 고개를 쳐들었을 때
신은 철퇴로 내리쳐 엎드리게 하셨다.

사람들을 노려보고
상처 주던 그 눈 찢어지게 하시고
비웃던 그 입술 뒤틀리게 하셨다.
한껏 높이 쳐들고 으스대던 그 코
짓뭉개셨다.
날씬하다고 자랑하던 몸매도
빼앗아 가셨다.
가장 낮은 자리에 엎드려서
사람들에게 상처 주지 않게 되었을 때
몸보다는 마음을 자랑하게 되었을 때
신은 나의 손을 잡고 일으켜 세우시며 말씀하신다.

'마음이 아름다운 사람,
가인(佳仁)으로 살아가라.'고

교만한 자여! 신이 보고 있다

자신이 조금 더 남보다 능력이 있다고 해서, 자신이 남보다 조금 더 가진 게 많다고 해서, 자신이 남보다 조금 더 외모가 낫다고 해서 타인을 무시해서는 안 된다.

무시를 넘어서서 착취나 언어폭력, 신체폭력 더 나아가서 성추행을 비롯한 성폭력은 더욱 경계해야 할 일이다.

나는 열아홉, 고등학교 3학년 때 교통사고를 당했다.

공부를 잘하는 편이었고, 말도 잘하고, 글쓰기도 잘하는 편이었다. 얼굴도 귀엽고 몸도 날씬하고 성격도 순수한 편이었다. 만나는 대부분의 사람이 다가오며 호감을 보였다. "귀티 나게 생겼다." "탤런트처럼 생겼다." "귀엽다." "저 애가 제일 예쁘다." "글을 잘 쓴다." 등이 주로 많이 들었던 말이었다. 고등학교 재학 중 시화전에 낸 시가 7편 중 5편이 전시되었다. 심지어 조폭을 포함한 동네 남자들이 학교 가는 길목에서 나를 보려고 기다리고 있어서 등하교가 힘들 정도였다.

의도적으로 잘난 체하지는 않았지만 나보다 못하다고 여겨지는 사람들에게 눈짓, 말짓, 몸짓으로 은근히 무시했던 것 같다. 지금 생각해보면.

어느 날은 이런 생각도 하게 되었다. '이 세상 모든 여자나 남자가 나를 좋아하도록 만들 수 있다. 신도 두렵지 않다.' 즉 전문용어로 경조증, 과대사고의 단계까지 갔던 것 같다.

그리고 신의 철퇴를 맞았다.

고등학교 3학년 여름방학에 들어간 어느 날, 자취를 하던 친구가 나에게 아르바이트를 같이하자고 제안했다. 시골을 다니면서 생필품을 파는 일이라고 했다. 나는 대학생 오빠와 언니를 포함한 9명과 함께 작은 봉고차를 타게 되었고, 여행을 다니며 돈도 벌 수 있다고 해서 소풍 가듯 마음이 즐거웠다.

출발하는 날, 비가 부슬부슬 내렸다. 내가 탄 봉고차는 나주 쪽으로 향했다. 안개 낀 듯 희미한 풍경 속에 육교가 보였다. 순간 심한 충격을 느끼며 의식을 잃었다.

"쾅!" 그토록 자만했던 내 모든 것을 신이 가져가시며 경고하는 소리였다.
"쾅콰쾅!"

깨어나니 나주병원, 9명 중 7명이 즉사했고 남은 생존자는 2명, 그중에 한 명이 나였다.

이렇듯 신은 신에게 도전하는 자에게, 완벽하다고 자만하는 자에게 벌을 내리신다. 벌을 주고 충분히 반성하고 세상에 기여할 때 다시 원하는 것을 주신다. 신은 내 안의 양심일 수도 있고 정말로 세상의 질서를 주관하며 실재하는 존재인지도 모른다.

나는 가끔 반려묘 '야옹이'(야~옹 하고 선명한 소리를 내서 '야옹이'라는 이름을 붙였다.)를 바라보며 나와 야옹이의 관계가 신과 나의 관계와 비슷하지 않을까 생각해본다. 야옹이는 내가 밥과 물을 주지 않고, 사랑을 주지 않으면 죽는다. 인간도 신이 일용할 양식을 주지 않고 사랑을 거두어 버리면 죽을 수밖에 없는 운명으로 가는 것이다.

자신감을 가지고 살아가는 것은 좋지만 교만으로 향하는 것을 경계해야 하지 않을까? 고개를 너무 치켜들고 교만으로 향하는 조짐이 보이는 순간, 눈짓, 말짓, 몸짓 이 세 가지를 조심하며 조금 고개를 숙여보는 건 어떨까? 상대에게 크게 욕을 하거나 때리지 않았으니 그 사람에게 상처 주지 않았다고 여길지 모르지만 상대를 바라보는 눈에 무시하는 기색이 담겨 있거나 상대의 의견을 묵살하고 자기주장만 강하게 하는 것도 누군가에게는 상처로 작용할 수 있다.

잘났다고 교만한 행동을 하게 되면 사람들이 나를 멀리하게 되니 결국 고독하게 된다.

생일날에 가득 차려진 잔칫상을 혼자 먹는 것과 같고, 인생이라는 전쟁에서 승리했다고 혼자서 승전보를 울리는 모양새이지 않겠는가?

Healing Solution

- **교만에서 벗어나기 위한 솔루션**

1단계: 신의 존재를 항상 염두에 둔다.

2단계: 눈짓, 말짓, 몸짓으로 타인을 무시하고 있는지 점검한다.

3단계: 조증이나 과대사고 등 지나치게 긍정사고로 일관하고 있는지 점검한다.

4단계: 잠시 달리던 것을 멈추고 내면을 돌아본다.

5단계: 타인의 입장에서 내 모습을 바라본다.

6단계: 신의 입장에서 내 모습을 바라본다.

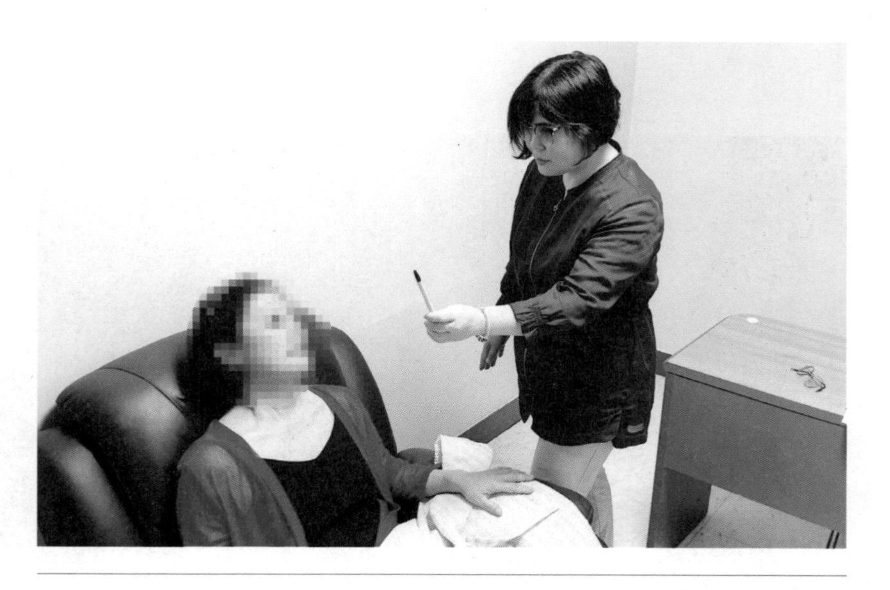

문가인 최면 장면

Part 9
심리상담

Self Healing Book

Healing Poem

당신의 편이 되어드릴게요

친구가 배신했을 때
이성 친구와 헤어졌을 때
사랑하는 사람이 하늘나라로 갔을 때
직업을 구할 수 없어 무위도식할 때
몸이 아플 때
마음이 아플 때
가족도 당신을 이해해주지 못할 때
이 세상 사람 누구도 믿을 수 없을 때
내 편이 한 명도 없다고 생각될 때

나를 찾아오세요.
내가 당신의 유일한 친구가 되어드릴게요.

매일, 누군가의 편이 되어주는 사람
나는 당신의 심리치료사니까요.

–

호수의 붕어 한 마리

나는 그저 호수를
바라보고 있었다.

고요한 호수 어딘가에서
옅은 물결이 일고 있었다.

너무나도 옅어서
그 물결이 어디에서 비롯되었는지
처음에는 알 수 없었다.

그러다 알았다.

미세하게 소리도 없이
호수 전체에 물결을 일으키는 것은

호수에 사는 붕어 한 마리.

그는 작은 지느러미를 가볍게 흔들고
있을 뿐이었다.

그대여!
이처럼 당신의 작은 마음의 움직임이
멀리 세상으로 퍼져 나갈 수 있음을
잊지 말라.

마음의 등불을 켜고

여기저기 쓰레기가 많아진다.

그 쓰레기, 사람들의
마음속으로 들어간다.
차곡차곡 마음의 창고에 쌓여 간다.
마음이 썩어 가고 냄새가 나기 시작한다.

어떤 사람은
마음이 어둡다고 한다.
마음이 무겁다고 한다.
마음이 아프다고 한다.
몸도 아프다고 한다.

세상에 쓰레기가 쌓여 가듯
사람의 마음속에도
쓰레기가 쌓여 간다.

나는,
새벽의 맑은 정신으로 등불을 켜고
그 쓰레기를 청소하는 꿈을 꾼다.

봄이 오면

봄이 오면 온 천지에
아름다운 꽃들이 피어날 것이다.
나는,
그 어느 꽃도
꺽지 않으리

꽃들이 피어나서
아름답게 향기를 퍼뜨리는 이유는 무엇일까?

아마도 그건
자신만의 삶의 목적을 이루기 위해서가 아닐까?

봄이 오면
온 천지에 아름다운 꽃들이 피어날 것이다.
나는,
그 어느 꽃도 밟지 않으리

나는,
그 꽃들에게 물과 거름을 주고
비바람을 막아주고
빛나는 햇빛을 맘껏 쏘여주리라

진정 강한 자

열여덟 살 때 나의 꿈은
약한 자의 대변인이었다.

마음이 약하여 스치는
타인의 무심한 눈빛에도
가슴이 아렸다.
사람들은 그런 나에게 상처를 주었다.

마음공부와 삶의 여정이 나를
강한 자로 만들었다.

지금 내가 매일 만나는 사람들은
마음 약한 사람들.
나는 그들의 대변인이 되었다.

그러나,
나의 영혼이여,
강한 마음을 이용하여
타인에게 해를 끼치는 것을
경계하라.

이제 나의 꿈은 약한 자를
강한 자로 부활시키는 것

자기 심리치료사가 되었다

내가 하는 일은 마음에 병이 온 사람들을 심리상담하는 것이다. 그런데 많은 내담자를 심리상담하면서 느낀 점이 하나 있다. 마음의 고통이 꼭 나쁜 것만은 아니라는 것이다.

마음이 괴롭다는 것은 지금까지 자신이 마음에 신경 쓰지 않았던 것을 반성하게 하고 마음에 대해 돌보아야 한다는 신호일 수 있다. 마음이 아프면 몸도 아프고, 몸이 아프면 마음이 아프다. 몸이 아플 때 몸이나 먹는 음식에 대해서 신경 쓰는 것처럼, 마음이 아플 때는 마음을 돌아보는 것이 필요하다.

그리고 마음이나 몸이 아프기 시작할 때 너무 심각하게 생각해서 병을 키우는 것은 지양해야 한다.

심리적 부적응의 종착지가 조현병이라는 질환이다. 조현병의 대표적인 증상인 환각(환청, 환시 등)과 망상조차도 증상이 생겨난 초기에 자신이 통제 불가능한 것으로 여기고 외부에서 원인을 찾을 때 더욱 심각해진다.
대수롭지 않게 생각하며 내면에서 원인을 찾고 통제할 수 있다고 생각할 때 병으로 발전하지 않는다는 것이다.

밀림의 성자로 불리는 알버트 슈바이처 박사도 "모든 환자의 내면에는 자신만의 의사가 있다(Every patient carries her or his own doctor inside)."고 했다.

하지만 사람들은 대부분 몸과 마음에 병이 생기면 내면에 자기치유력이 있다는 사실을 모르고 의사를 찾아간다. 감염증이나 소화기계 질환, 혈액 질환, 찰과상, 타박상, 골다공증 등 내과 또는 외과적인 치료와 수술이 필요한 경우에는 당연히 의사의 도움을 받을 필요가 있다. 그러나 스트레스, 우울, 불안 등 경미한 증상이 생겼을 때는 자기치유를 해보기를 제안한다. 그래도 나아지지 않으면 전문가를 찾아서 심리상담을 받는 것이 지혜로운 태도이다.

나는 심리상담 마지막 회기에 내담자에게 말한다.

"나는 당신이 앞으로 나를 만나러 심리상담센터에 오지 않기를 바랍니다. 이제 당신은 자신의 심리치료사(Self Psychotherapist)가 되었으니까요."

나의 천직은 심리치료사

나의 어린 시절 꿈은 작가였다. 운동도 잘 못 하고, 손재주도 없고, 마음도 여린 아이가 할 수 있는 유일한 것은 책을 읽고 글을 쓰는 것이었다. 그러나 때로 용기 내어 입을 열 때는 어른들도 깜짝 놀랄 만큼 아이답지 않은 말을 하곤 해서 '변호사' '책벌레' '똑쇠(똑 부러지는 아이)'라는 별명이 붙었다.

수줍음이 많아 동네 어른들에게 인사도 제대로 못했지만 불의를 보면 참지 못하고 잔다르크처럼 행동하기도 했다. 남자아이들이 또래의 여자아이를 괴롭히는 모습을 보면 조리 있고 날카로운 말로 남자아이들의 코를 납작하게 만들기도 했다.

'펜은 칼보다 더 강하다.'는 말을 이때부터 좋아했던 것 같다.

중학교, 고등학교 때에도 여전히 책을 읽고 글을 쓰는 것을 좋아해 문학 동아리에서 활동하기도 했다. 산 너머를 바라보며 공상하는 일도 즐겼다. 저 산 너머에는 내가 꿈꾸는 세상이 있고, 내가 선망하는 사람들이 있을 것만 같았다.

간디를 존경했던 나는 '마음이 여려 상처를 잘 받는 사람들의 대변인이 되리라.' 결심했다. 마음이 약한 사람은 누가 괴롭히지 않아도 자신을 향해 던져지는 타인의 무심한 눈빛, 말 한마디에도 상처를 받는다. 나 또한 그랬듯이.

그렇게 여리고 수줍음 많았던 소녀가 삶의 여정을 통하여 임상심리전문가가 되었고 최면트레이너가 되었다.

나는 고통받는 사람의 마음을 변화시키고자 매일 심리상담 및 최면을 하고 있는 심리치료사다. 해병대의 생명존중 교육을 비롯하여 사회 각계각층의 요청으로 인해 인성교육강사로 많은 활동을 했다. 나와 같은 마음을 가진 사람을 많이 양성해야겠다는 각오로 임상심리사, 최면전문가 양성 등 심리교육 강사로도 활동하고 있다. 그리고『힐링을 노래하라』는 책을 집필함으로써 작가라는 타이틀을 얻게 된다. 가장 최근에는 유튜브 채널을 개통하여 좀 더 많은 사람과 나의 경험, 지식, 지혜를 소통하고자 유튜버 활동을 하고 있다.

해병대에서 생명존중 강의를 마치고 수백 명의 젊은 해병대원에게 거수경례를 받았을 때는 이 세상에 태어나 심리치료사의 길을 선택하길 잘했다는 생각이 들면서 큰 보람을 느꼈다. 미처 꽃을 피워보지도 못한 청춘들이 한순간의 충동으로 죽음을 선택하지 않도록 돕는 것은 참으로 가슴 뿌듯한 일이었다.

이런 여러 가지 활동 중에서 가장 큰 관심사는 심리상담 및 최면이다.

19세에 교통사고를 당한 이후 인생의 목표로 정한 "나는 마음이 아픈 사람을 도와주는 진정한 심리차료사가 된다."는 마음의 메아리가 언제나 아련하게 들려온다.

이런저런 일들로 마음이 방황하고, 외면적인 것들에 마음이 흔들릴 때,

매너리즘에 빠질 때 이 마음의 메아리는 나를 다시 초심으로 돌아가게 해 준다.

젊었을 때 한때는 심리학 공부가 시간도 오래 걸리고 경제적으로도 힘들어서 가지고 있던 책을 버리고 돈을 좇고자 했던 적이 있다. 나는 91학번이며 그 시절에는 임상심리전문가가 되어 비교적 경제적으로 안정되려면 10년의 시간이 필요했다.

돈을 좇던 그때는 몸과 마음이 모두 피폐해져서 죽음으로 갈 정도가 되었다. 뇌는 끊임없이 흔들리고 설사가 끊이지 않았다. 다시 심리학공부와 마음공부를 하기 시작했고 이 모든 증상을 극복하고 지금은 몸과 마음이 상당히 건강한 상태이다.

나는 마음공부를 통해 사람들의 마음을 변화시키는 일을 해야만 살아갈 수 있는 사람인 것이다. 심리치료사는 나에게 하늘이 내린 직업, 천직인 것이다.

| Epilogue |

아버지의 따뜻한 마음과 어머니의 용감한 마음으로
세상 속으로 나아갑니다.

나는 상담실에서 매일 심리상담을 합니다.

그러면서 세상에서 들려오는 뉴스에도 귀를 기울입니다.

뉴스에서는 주로 사람들의 행동을 이야기하고 있지만 그 행동을 일으킨 것은 그 사람의 마음이라고 생각합니다.

사람들의 실수, 어리석은 행동, 혹은 잔인한 행동에 대한 뉴스를 접하면서 '저건 이렇게 하면 고쳐질 수 있는데, 이렇게 하면 개선될 수 있는데.' 하는 생각을 혼자서 해보곤 합니다. 그런 생각들을 글로 옮겨 가끔씩 블로그에 올리기도 합니다.

나는 마음을 보는 사람입니다.

어린 시절 책에서 '보이지 않는 것이 중요하다.'라는 글을 읽었는데 그때는 그것이 무슨 말인지 몰랐습니다. 이제는 압니다. 보이지 않는 마음이 사람들의 행동을 움직이게 한다는 것을. 나는 매일 내담자에게 자신의 마음을 들여다보고 변화시킬 수만 있다면 세상에 두려울 것이 없고, 원하는 행복과 성공을 얻을 수 있다는 이야기를 합니다.

나 역시 성장과정에서 청년기까지도 마음이 무엇인지 몰랐고, 마음을 변화시키는 방법을 알지 못했습니다. 그리고 자기중심적인 면이 많아서 부모님과 형제들의 마음도 잘 이해하지 못했습니다.

그런 나를 아버지는 많이 혼내셨고, 엄격하게 대하셨습니다. 나는 아버지가 나에게 왜 그러셨는지 오래도록 몰랐습니다. 아버지가 돌아가시고 심리치료사가 되어서야 나의 자기중심적인 면을 개선해 주려고 하시고, 나에 대한 기대가 컸기 때문이라는 알게 되었습니다.

아버지가 한 친척에게 "저놈이 남자로 태어났더라면 큰 인물이 되었을 것이다."라는 말을 했던 장면이 얼핏 기억납니다.

아버지!

아버지가 기대하셨던 대로 나는 큰 인물이 되었을까요?

남들이 뭐라고 평가하던지 간에 한 사람의 마음을 변화시켜서 한평생 마음과 몸이 건강하고 원만한 대인관계를 하며 행복하게 살아가도록 돕는 일은 '큰일'이라고 생각합니다.

나는 팔자라고 여기며 자포자기하고 절망하는 사람들에게 마음을 변화시키는 방법을 알려 줍니다. 그리고 용기를 가지고 희망을 향해 나아가도록 격려합니다.

아버지가 따뜻한 마음을, 어머니가 용감한 마음을 주셨기에 가능했던 일입니다.

어머니는 지금 뇌경색으로 쓰러지셔서 병상에서 투병 중입니다. 말도 잘 못 하시고 거동도 불편하시지만 희망을 잃지 않고 계십니다.

어머니가 다시 환한 웃음, 활기찬 목소리를 들려주시기를 기원하며, 어머니에게 치유의 에너지를 보냅니다.

그리고 7명의 형제자매에게 이 지면을 빌어 감사의 인사를 전합니다. 한 사람의 임상심리전문가가 탄생하기 위해서는 국가, 사회 및 가족이 도와야 한다는 말이 있는데, 나의 형제자매가 나를 물질적, 정신적으로 후원했기에 가능했습니다. 그리고 이 지구별에서 만났던 모든 인연에 감사합니다.

이 책이 나오면 치유의 노래, 희망의 노래는 온 세상에 퍼져 나갈 것입니다.

그리고 나는 또 새로운 도전을 향해, 세상 속으로 씩씩하게 나아갈 것입니다.

끝으로 자작시 한 편으로 글을 마무리합니다.

프로메테우스처럼 전진하리라

프로메테우스는 신에게서 불을
가져와 인간에게 빛을 선물했다.

나는 프로메테우스적 정신의 소유자이다.

무엇인가를 맨 처음 시작해서
세상에 퍼지는 것을 보면 기쁘다.

새로운 도전에는 언제나
타인의 반대가 함께한다.
더욱 큰 적은 내면의 두려움이다.

봄이, 승리의 봄이
둥둥둥
북소리를 울리며 오고 있다.

프로메테우스처럼 용감하게 전진하리라.

희망의 봄을 기다리며…
2019년 겨울, 광화문 심리상담실에서

문가인

* 이 책에 나오는 심리상담 사례는 심리치료사의 비밀 보장의 의무에 따라 직업, 성별, 나이 등이 각색된 것임을 밝힙니다.